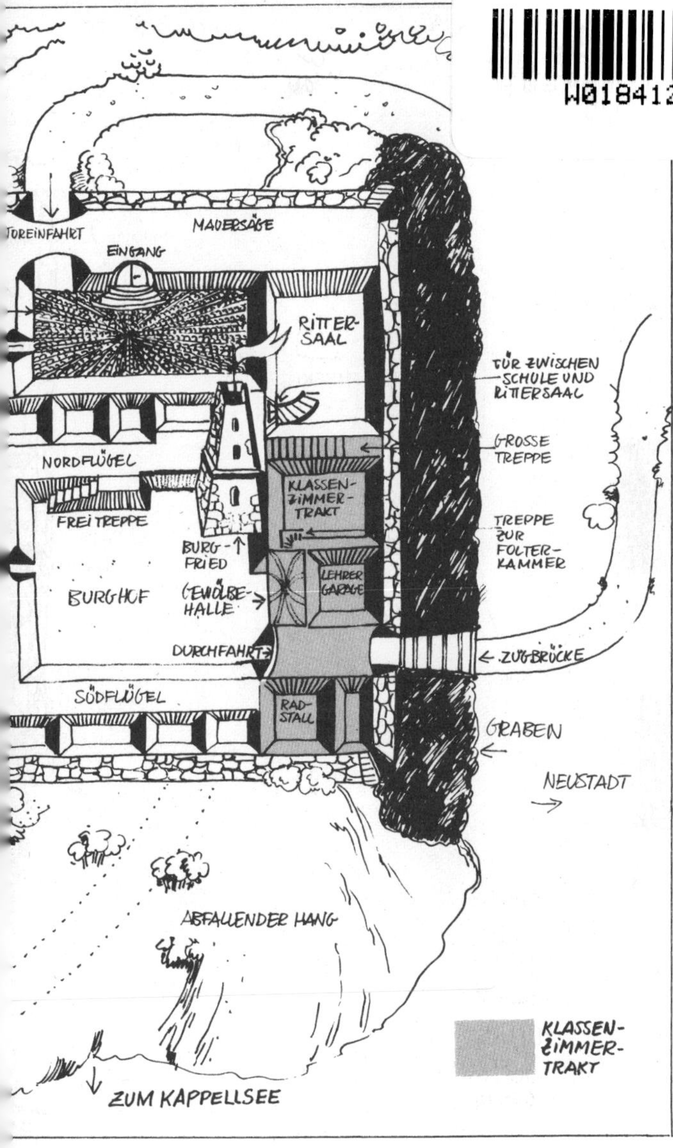

TOREINFAHRT
MAUERSÄGE
EINGANG
RITTER-
SAAL
TÜR ZWISCHEN
SCHULE UND
RITTERSAAL
GROSSE
TREPPE
NORDFLÜGEL
KLASSEN-
ZIMMER-
TRAKT
FREITREPPE
TREPPE
ZUR
FOLTER-
KAMMER
BURG-
FRIED
LEHRER
GARAGE
BURGHOF
GEWÖLBE-
HALLE
DURCHFAHRT
ZUGBRÜCKE
SÜDFLÜGEL
RAD-
STALL
GRABEN
NEUSTADT
ABFALLENDER HANG
KLASSEN-
ZIMMER-
TRAKT
ZUM KAPPELLSEE

Dieses Schneiderbuch gehört

OLIVER HASSENCAMP

Auf Schreckenstein geht's lustig zu

Mit Illustrationen von
Walter Rieck

Schneiderbuch
EGMONT

Dieser Band erschien erstmals 1960 im Franz Schneider Verlag

1. Auflage

verlegt durch EGMONT Verlagsgesellschaften mbH,
Gertrudenstraße 30–36, 50667 Köln

Text: Oliver Hassencamp
Titelbild: Nikolaus Moras
Innenillustrationen: Walter Rieck, © VG Bild-Kunst, Bonn 2013
Umschlaggestaltung: Max Meinzold, München
Satz: Greiner & Reichel, Köln
Printed in the EU (675292)

ISBN 978-3-505-13197-4

Inhalt

Ein Abenteuer mit ungeahnten Folgen

Die Schule auf der alten Ritterburg Schreckenstein bestand nun schon seit einem Jahr. Eigentlich war es nur eine Notlösung gewesen, denn die Schulraumnot in Neustadt war ohne Beispiel, und deshalb war ein Teil der Schule auf der Burg Schreckenstein untergebracht worden. Wie hatten sich die Jungen auf der Ritterburg verändert! Wenn ihnen früher einer gesagt hätte, sie würden nicht mehr abschreiben, so hätten sie ihn nur mitleidig angelächelt, mit dem Finger an die Schläfe getippt und geantwortet: „Du hast wohl ’n Loch in deinem Radarschirm!“

Und jetzt schrieben sie tatsächlich nicht mehr ab. Wie es dazu gekommen war, wusste keiner genau. Es musste an der Burg liegen. Die Jungen hatten sich den früheren Bewohnern angepasst und waren Ritter geworden, ehrliche und faire Kerle, die für ihre Taten und Untaten einstanden.

„Dampfwalze“ war immer noch der Stärkste und der Größte. Aber den Kugelstoßrekord hatte er nicht mehr, seit … ja, seit damals dieser Neue, dieser Stephan Breuer gekommen war. Scheinbar nur ein Angeber mit einem Akkordeon und einem Tonbandgerät. Aber Stephan war härter, es steckte viel mehr in ihm, und bald wurde er einer der angesehensten Ritter auf der Burg. Sein bester Freund war und blieb Ottokar, der ständig seine eigenen Essrekorde überbot. Beide ergänzten sich großartig. Stephan hatte „Köpfchen“ und Ottokar war der Praktiker.

Beide waren zur Geburtstagsfeier ihres Lehrers, Doktor Waldmann, eingeladen. Das war wohl ehrenvoll, aber nach allem, was sie miteinander erlebt hatten, war es eigentlich auch eine Selbstverständlichkeit. Und so ungleich das Kleeblatt – Doktor Waldmann mit seiner Tochter Sonja, Stephan und sein Freund Ottokar – auch sein mochte, es hielt zusammen. Schließlich war es diesen vier zu danken, dass die Schule auf der Burg überhaupt noch bestand. Ottokar musste das wohl gerade besonders stark empfinden, denn er schnitt sich noch ein sechstes Stück Torte ab. Nachdem er das Stück verdrückt hatte, sagte er: „Ja, das waren noch Zeiten!", als läge seine Schulzeit mindestens schon zwanzig Jahre zurück. Dann säbelte er sich, ohne weiter zu fragen, das siebte Stück von Doktor Waldmanns Torte ab.

„Wohl bekomm's!", bemerkte Sonja anzüglich und kam damit ihrem Vater, Doktor Waldmann, zuvor.

Doch Ottokar war nicht auf den Mund gefallen. „Ich muss essen, sonst langweilen sich meine Zähne!", gab er zurück.

Um Sonja ein bisschen abzulenken, fragte Stephan: „Was machst du eigentlich jetzt?"

„Ich habe eine Stelle als Musiklehrerin."

„Moderne Musik?"

„Moderne und klassische – in einem Mädchenpensionat."

„In einem Mädchenpensionat?" Stephan verzog missbilligend den Mund.

„Ja, hier direkt gegenüber, am anderen Ufer vom See."

„Du in einem Mädchenpensionat? Das ist ja wohl das Allerletzte!" Ottokar starrte sie verblüfft an.

Doktor Waldmann zog es vor, sich nicht in diese Unterhaltung einzumischen, und schaute auf die Uhr. „Kinder, es ist ja schon zehn Uhr! Da haben wir uns aber ganz schön verquatscht!" Und zu seiner Tochter gewandt: „Wie kommst du überhaupt nach Hause?"

„Der letzte Omnibus ging 8.15 Uhr ab ‚Drei Tannen'", gab Sonja kleinlaut zurück.

Stephan und Ottokar sahen einander an. Beide hatten denselben Gedanken. „Wir werden dich hinüberrudern!", sagten sie fast gleichzeitig.

Sonja war begeistert: „Prima! Ich habe gar nicht daran gedacht, dass ihr jetzt Boote habt." Dabei sah sie ihren Vater bittend an.

„Na schön", nickte der, was ein großer Vertrauensbeweis war, „aber macht mir keine Dummheiten und kommt sofort zurück. Ich kann es sonst vor Direktor Meyer nicht verantworten."

„Bei Nacht kann man sich auf uns verlassen, das weiß der Rex", antwortete Stephan und stand auf.

Ein Kuss zwischen Vater und Tochter und ein herzliches „Dankeschön für die Torte" von Stephan und Ottokar – und schon schlichen sie den Hang zum Bootssteg hinab. Ottokar machte ein Boot los, und Stephan half Sonja beim Einsteigen.

„Ihr seid richtige Kavaliere", sagte das Mädchen, als sie in den pechschwarzen See hinausstachen.

Die beiden schwiegen. Sonja war schon fünfundzwanzig, und Mädchen ihres Alters haben meist überhaupt kein Verständnis für Jungen. Aber Sonja war eine Ausnahme: kameradschaftlich, furchtlos und schlagfertig, dass man sich schon anstrengen musste, vor ihr zu bestehen.

„Wie ihr da hinüberkommen wollt, ist mir schleierhaft", sagte sie nach einer Weile. „Ich wär schon längst wieder umgekehrt."

Man konnte tatsächlich kaum die Hand vor den Augen sehen, aber Stephan und Ottokar hatten genug seemännische Erfahrung, um zuversichtlich zu sein. Wenn sie zusammen ruderten – das hatten sie x-mal probiert –, fuhr der Kahn kerzengeradeaus. Der Grund hierfür war ihr ideales Kräfteverhältnis. Stephan, der Rechtshänder war, zog immer ein bisschen nach links, was Ottokar als Linkshänder wieder ausglich. Und da sie parallel zum Bootssteg abgelegt hatten und der Kappellsee keinerlei Strömungen aufwies, konnte eigentlich nichts schiefgehen. Aber je länger die Fahrt dauerte, desto gespenstischer wurde sie.

„Wenn wir wenigstens eine Taschenlampe hätten", sagte Sonja, der es nun doch mulmig wurde.

„Du willst wohl die Fische wecken?", fragte Stephan. „Natürlich haben wir eine, aber wenn wir die jetzt anmachen, fahren wir bestimmt im Kreis."

„Und wenn wir auflaufen? Drüben hat's Felsen!"

Doch Stephan war nicht aus der Ruhe zu bringen. „Einmal rüber sind bei uns 4763 Ruderschläge, und jetzt haben wir erst …"

„2491 … 2492“, fiel Ottokar laut ein. Auch er zählte mit.

„Ihr Männer denkt eben ganz anders“, sagte Sonja und schien wieder beruhigt. Und schweigend, jeder mit seinen Gedanken beschäftigt, legten sie die zweite Hälfte der Strecke zurück. Doktor Waldmann hatte wirklich großes Vertrauen zu den beiden oder, was auch möglich war, keinerlei Erfahrung mit nächtlichen Ruderpartien.

Bei Ruderschlag 4750 wurde es plötzlich kühler, und die Luft roch nach Wald. Da zogen sie die Ruder ein und machten Licht.

Es war mäuschenstill. Wie die Schleppe eines Geisterhemdes glitt der Lichtkegel über das Wasser. Schemenhaft begann sich das Ufer abzuzeichnen.

„Da!“, entfuhr es Sonja. „Die Felszacke kenne ich. Jetzt nach rechts, noch fünfzig Meter, dann zwischen den Trauerweiden durch. Das habt ihr fantastisch gemacht!“

Stephan und Ottokar folgten ihrer Anweisung. Die Zweige der Weiden hingen bis aufs Wasser herunter, dass man sie wie einen Vorhang beiseite schieben musste. Doch dann öffnete sich plötzlich eine Bucht von beachtlichen Ausmaßen. Auch ein Bootshaus mit Steg gab es hier.

„Mensch, das wär der richtige Hafen für uns!“, staunte Ottokar und nahm damit Stephan die Worte aus dem Mund. Sie legten am Steg an, und Sonja sprang sofort aus dem Boot.

„Wohnst du auch in der Teenager-Burg?“, fragte Ottokar, während er den Kahn festband.

„Pst, nicht so laut“, zischte Sonja. „Du weckst ja alle auf! – Geht jetzt, hier kenne ich mich aus und …“

„Nein“, unterbrach Stephan und hielt sie am Handgelenk fest, „du hast gesagt, wir seien Kavaliere, und ein Kavalier lässt keine Dame nachts allein durch den Wald latschen. Wir bringen dich an Ort und Stelle.“

Sonja wurde in die Mitte genommen, und so stiegen sie den steilen Pfad hinauf, der vom Steg in den Wald führte.

„Mach wenigstens das Licht aus!“, bat Sonja, die auf einmal sehr unruhig wurde.

Schweigend schritten die drei durch den Wald hinauf, bis der Boden eben wurde und sie auf eine Lichtung traten.

„So“, flüsterte Sonja, „vielen Dank.“ Und weg war sie.

Die beiden Jungen blieben stehen.

„Hmm“, brummte Ottokar nach einer Weile, „wo wir nun schon einmal da sind …“

„… wird es unseren Geschichtslehrer besonders freuen, wenn wir uns die Gemäuer etwas näher betrachten“, vollendete Stephan den Satz.

„Dem ist so“, fügte Ottokar geschwollen hinzu.

Schloss Rosenfels, das Mädchenpensionat, schien kleiner zu sein als Burg Schreckenstein. Es war ein quadratischer Bau, zweigeschossig und mit einem schlanken runden Turm an jeder Ecke.

Renaissancestil, dachte Stephan im Anschleichen, eine Feststellung, die seinen Geschichtslehrer wirklich erfreut hätte. Aber der schlief ja gerade. Auch hier schlief alles, und wenn man stehen blieb, so war einem, als hörte man viele gleichmäßige Atemzüge durch die offenen Fenster. Neben dem Hauptgebäude wurde jetzt noch ein zweites, eine Art Schuppen, sichtbar. Stephan stupste Ottokar mit dem Ellenbogen an, und sie gingen hin. Plötzlich tat es einen dumpfen Stoß, und Stephan rieb sich das Schienbein. Als Ottokar sich bückte und bei vorgehaltener Hand einen schmalen Lichtstrahl aus seiner Taschenlampe zwischen den Fingern durchließ, fing er unvermittelt zu lachen an.

„Schau mal!“, flüsterte er.

An der Längsseite des Schuppens lag eine Leiter, deren Spitze noch etwa einen Meter über die Ecke hinausragte.

Jetzt musste auch Stephan lachen. „Wie beim Ostereiersuchen! Dann soll es wohl sein, dass wir einsteigen“, kicherte er.

Und wie immer in Augenblicken, wenn man es nicht soll, mussten die beiden derartig lachen, dass sie sich auf den Boden setzten und die Hand vor den Mund hielten, bis sie sich beruhigt hatten. Dann nahmen sie die Leiter auf und suchten ein passendes Fenster. An einer Stelle, wo man einigermaßen etwas sehen konnte, wurde sie angelegt. Stephan kletterte hinauf. Vorsichtig, den Atem anhaltend, schob er sich von Sprosse zu Sprosse empor. Kurz vor dem Ziel hielt er nochmals inne, um zu lauschen. In diesem Moment wurde von drinnen ein lautes, tiefes Schnarchen vernehmbar. Das kann kein Mädchen sein, dachte er, während ihm vor Aufregung die Knie zitterten. Also machte er auf der Leiter kehrt und rutschte hinunter.

„Schon wieder da?", wunderte sich Ottokar, indem er den Freund auffing.

„Da oben schnarcht eine wie ein Walross!"

Schleunigst hoben sie die Leiter weg und bogen um die Ecke, um etwas zu verschnaufen. Plötzlich fiel ihnen ein langer, dunkler Schatten an der Mauer auf. Stephan deutete in die Richtung, und Ottokar trat vorsichtig näher.

„Es ist nur ein großer Holzstoß", meldete Stephan, als er zurückkam. „Na, dann los. Jetzt bist du dran!" Erneut wurde die schwere Leiter aufgerichtet und leise an einem offenen Fenster angelegt.

Diesmal stieg Ottokar hinauf. Stephan hielt die beiden Holme fest und wartete. Lange war es ruhig, so lange, dass er fast schon unruhig wurde. Endlich kam ein leises „Ssssst“ von oben. Die Luft schien also rein zu sein, und er stieg nach. Als er oben ankam, stand Ottokar drinnen im Zimmer vor einem Tisch und leuchtete mit der Taschenlampe auf ein Papier, das er in der Hand hielt.

„Ist 'ne Klasse“, sagte er, ohne aufzusehen, „hier!“

… und Stephan am Fuß der Leiter wartete gespannt.

Damit drückte er Stephan ein Schulheft in die Hand. Er nahm es und blätterte darin. Es war fast voll, mit einer typischen Mädchenschrift geschrieben. Ottokar ging hinter ihm vorbei, setzte sich auf das Fensterbrett und ließ die Beine hinausbaumeln.

„Du, hör mal", sagte Stephan plötzlich, „fünf – fünf – vier – vier bis fünf, scheint 'ne Kollegin zu sein, diese …", er klappte das Heft zu und las den Namen auf dem Etikett: „… diese Beatrix Lebkowitz."

„Und was jetzt?", fragte Ottokar. „Irgendetwas müssen wir doch machen."

Beide lehnten sich zum Fenster hinaus und dachten angestrengt nach.

Stephan spielte dabei mit der Taschenlampe, bis sie ihm aus der Hand fiel und nach einem dumpfen Aufprall auf dem Holzstoß liegen blieb. Zum Glück mit dem Schein zur Wand.

„Idiot", zischte Ottokar. Dann lauschten sie beide atemlos. Als sich nichts rührte, kletterte Stephan hinunter, um das Licht schleunigst auszumachen. Dazu musste er jedoch auf den

Holzstoß steigen, der ziemlich hoch war. Er bestand aus schlanken, ungefähr einen Meter langen Tannenstämmchen, die voller Harz waren. Endlich erreichte er die Lampe. Und da kam ihm eine einmalige Idee, die ihn wieder mit seinem Missgeschick versöhnte. Er klemmte sich eines der Stämmchen unter den Arm und ging zu Ottokar, der inzwischen auch heruntergestiegen war.

„Was willst du denn mit dem albernen Holz?", fragte er.

Stephan hörte gar nicht hin. „Lass mich mal was probieren", sagte er nur und war schon wieder oben auf der Leiter. Er schwang sich vorsichtig in den Raum hinein und machte die Lampe an. Ganz langsam mit den Fußspitzen vorwärtstastend, um jedes Knarren der alten Dielen zu vermeiden, bewegte er sich zur Tür. Dort stellte er das Stämmchen auf den Boden und nahm Maß. Es ging! Das Holz war etwas höher als die Türklinke. Wenn man es darunterschob und am Boden ordentlich festrückte, konnte niemand die Tür vom Gang her öffnen.

So schnell und so lautlos wie nur möglich ging er zum Fenster zurück und kletterte hinunter.

„Hol dir schleunigst ein paar Prügel, wir blockieren die ganzen Klassentüren."

„Ich werd verrückt", sagte Ottokar und war wieder bester Laune.

Alles ging blitzschnell. Die Leiter schleppten sie zu zweit von Fenster zu Fenster. Und während der eine hinaufkletterte, besorgte der andere bereits den nächsten Stock. In wenigen Minuten waren alle acht Klassenzimmer verbarrikadiert und konnten nur auf dem Weg wieder geöffnet werden, auf dem Stephan und Ottokar sie verschlossen hatten.

Mit der Sicherheit von Nachtwandlern fanden sie auch zur Bucht, und noch beim Zurückrudern wirkte die Freude über den gelungenen Streich nach: Sie kamen schon nach 4702 Schlägen drüben an.

„Na endlich", tönte ihnen eine Männerstimme aus der Dunkelheit entgegen. „Ich habe mir schon größte Sorgen gemacht." Es war der Doktor, der zähneklappernd am Steg stand.

„Ist alles in Ordnung“, beruhigte ihn Stephan, um einer direkten Frage nach dem Grund für das lange Ausbleiben auszuweichen.

Aber Doktor Waldmann blieb eisern. „Wieso hat denn das so lange gedauert, es ist immerhin jetzt zwei Uhr.“

„Wir sind froh, dass wir überhaupt wieder hergefunden haben“, parierte Ottokar, indem er die Sache ins Lächerliche zog. „Wir hatten rein gar nichts von der Landschaft.“

„Red jetzt nicht, marsch ins Bett!“, schnitt ihm der Doktor das Wort ab. „Und seid leise, dass euch der Rex … äh, Direktor Meyer nicht erwischt.“

Mauersäge schreit „Feuer"

„Ihr habt ja gestern ziemlich lange gefeiert", sagte Walter, der Jüngste im Zimmer, als Stephan und Ottokar am nächsten Morgen kaum aus den Federn kamen.

„Du solltest schlafen und nicht auf uns warten", schnitt ihm Stephan das Wort ab.

Ansonsten ging alles gut. Stephan und Ottokar machten zwar im Unterricht nicht gerade den frischesten Eindruck, aber das taten sie sonst auch nicht, und so fiel zum Glück niemandem etwas auf.

Nur einmal wurden sie hellwach: in der Geschichtsstunde, als der Rex über die Seeschlacht bei Salamis berichtete: „Bis heute bleibt ungeklärt, wie es den Griechen mit ihren kleinen Schiffen gelang, ohne jegliche Navigationsinstrumente auch bei Nacht Kurs zu halten."

„Na, du oller Grieche!", flüsterte Stephan seinem Freund zu. Aber das Datum der Schlacht,

480 vor Christus, sollten sie von nun an nicht mehr vergessen.

Der Tag schien überhaupt dem Wasser gewidmet zu sein, denn nach dem Essen verkündete der Rex: „Heute Nachmittag fällt der Sport aus. Unser Hausherr, Graf Schreckenstein, wünscht für den Ernstfall eine Schulfeuerwehr. Er stellt seinen Spritzenwagen zur Verfügung und nimmt selbst an der Übung teil."

Ein schallendes Gelächter brach aus.

„Ich weiß nicht, was daran so komisch sein soll", fuhr er fort, hatte aber wohl selbst einige Mühe, ernst zu bleiben.

Eine Feuerwehrübung mit Graf Schreckenstein als Hauptmann, das war die Sensation!

Alle mussten feste Schuhe anziehen und auf dem Burghof antreten.

„Da kommen sie", sagte Walter plötzlich und hielt sich das Taschentuch vor den Mund. Alle schauten in die angedeutete Richtung und mussten schleunigst in irgendetwas hineinbeißen, um nicht laut herauszuplatzen. Der Rex trug Gummistiefel und eine Lederjacke, aber der Hausherr,

Graf Schreckenstein, an seiner Seite sah einfach unbeschreiblich aus. Er hatte einen viel zu großen Ölmantel an und einen Südwester tief in die Stirn gezogen, unter dem die riesige Nase, der er den Spitznamen „Mauersäge“ verdankte, wie ein Büchsenöffner herausschaute. Seine Füße steckten in vorsintflutlichen Schnürstiefeln, und in der Hand hielt er einen Spazierstock mit silbernem Knauf.

„Wie Graf Bobby auf Minensuche!“, bemerkte Dampfwalze treffend.

„Tach, Jungs!“, begann der Hausherr forsch, worauf ihm ein vielstimmiges „Morjen, Chef!“ entgegenscholl.

Der Rex drehte sich auf dem Absatz um und tat so, als

„Wie Graf Bobby auf Minensuche!“

suche er etwas am Boden. Auch mit seiner Beherrschung war es vorbei.

Mauersäges Schrecksekunde über die unerwartete Begrüßung dauerte lange. Doch dann ging es los: „Ihr wisst, weswegen wir ... ks ... weswegen wir hier sind. Zunächst brauche ich vier ... ks ... kräftige Jungen für die Spritze. Stephan, Ottokar, Walter und du“, damit deutete er auf Dampfwalze und winkte den Aufgerufenen, ihm zu folgen. Er zog einen großen Schlüssel aus der Tasche und schritt auf das schwere Eisentor des Burgfrieds zu.

„Oje“, entfuhr es Stephan halblaut, als er den schweren Türflügel zurückschob und die Sonne auf den „Feuerwehrwagen“ fiel.

„Diese Feuerspritze“, begann Mauersäge, „wurde auf Wunsch meines Ururur... ks ... im Jahre siebzehnhundertund... ks ... erbaut und hat seitdem dreimal die Burg gerettet.“

„Hm, der wär auch als Fremdenführer nicht schlecht“, kommentierte Ottokar die gräfliche Rede. Mithilfe aller wurde das ächzende und quietschende Gefährt in den Park transportiert.

Alle halfen mit, das ächzende Gefährt in den Park zu transportieren.

Der Hausherr ließ die Übung natürlich an dem Flügel der Burg durchführen, den er selbst bewohnte. Doch das sollte sich rächen. Es wurden Trupps gebildet, die jeweils einem Lehrer unterstanden. Einer leitete den „Wassertrupp". Er hatte die Aufgabe, im Ernstfall mit dem endlos langen Ansaugschlauch der Spritze an den Kappellsee hinunterzurennen und den Filterkorb ins Wasser zu hängen. Rolle, der Sportlehrer, leitete den „Einreißtrupp", dem die nicht ungefährliche Aufgabe zufiel, mit Spitzhacken Mauern einzureißen, die der Spritze im Weg standen. Der Musiklehrer Gießkanne war mit seinem Trupp für die Rettung von Personen und Hausrat verantwortlich, während Doktor Waldmann die „Gärtner“ befehligte, die mit Sandschäufelchen einer Ausbreitung des Feuers vorzubeugen hatten. Die Spritze aber unterstand dem Rex und Mauersäge selbst.

Nachdem alles eingeteilt war und jeder auf seinem Posten stand, verkündete Mauersäge: „Ich werde jetzt … ks … hineingehen und ‚Feuer‘ schreien. Dann beginnt ihr mit der Rettung.“ Sprach's und ging davon.

„Ob er schon ahnt, dass er den Ölmantel braucht?“, sagte Dampfwalze, ihm nachschauend. Dampfwalze bediente nämlich den Spritzschlauch und war somit „der Mann am Drücker“, während Stephan und Ottokar den großen Hebelarm der Pumpe betätigten.

Da kam der Rex. „Mach's nicht zu toll“, sagte er in weiser Vorahnung.

„Feuer“, krächzte es da aus einem Fenster des gräflichen Flügels. „Feuer.“

„Feuer!“, gab der Rex weiter.

Ein Witzbold antwortete: „Bedaure, ich habe kein Feuer.“

Der Wassertrupp raste zum See hinunter.

„Noch nicht“, herrschte Doktor Waldmann die Gärtner an, die eifrig Kies in die wohlgepflegten Rosenbeete schippten. „Ihr wisst ja noch gar nicht, wo's brennt.“

„Es brennt ja auch nicht“, versetzte Mücke, der klein, aber sehr schlagfertig war, postwendend.

„Eben, es ist schließlich eine Übung, da darf man doch nur so tun, als ob.“

„Als ob was?“

„Na, als ob's brennt!“, herrschte ihn der Doktor an. Darauf begannen sie mit ihren Schäufelchen ganz albern in der Luft herumzufuchteln und mussten furchtbar lachen.

Auch Rolle hatte Mühe, seinen „Einreißtrupp“ zu bändigen.

„Drin!“, schrie der Wassertrupp vom Bootssteg herauf.

Stephan und Ottokar setzten den Hebel in Bewegung.

„Bis jetzt kommt nur heiße Luft“, sagte Dampfwalze und hielt die Hand vor das Spundloch.

Mauersäge, der unbewegt wie der Fliegende Holländer am Fenster gestanden hatte, wurde langsam unruhig. „Was ist … ks, wo bleibt das Wasser? Ich könnte ja längst verbrannt sein!“, schrie er, so laut es seine morschen Stimmbänder erlaubten.

„Kommt gleich!“, rief Stephan hinauf, und mehr zum Spaß fügte er noch hinzu: „Dampfwalze hat eben eine lange Leitung.“ Doch schon bedauerte er die Äußerung wieder.

„Au warte!“, zischte der Verspottete, der in diesem Punkt gar keinen Humor hatte, weil das mit der langen Leitung tatsächlich stimmte.

„Du verstehst auch keinen Spaß“, brummte Ottokar dazwischen. Aber er konnte nicht verhindern, dass der alte Zwist zwischen Dampfwalze und Stephan wieder aufgeflammt war.

Da ließ ein dumpfes Krachen vom Erker des gräflichen Wohnzimmers her alle herumfahren. Einige Schüler hatten inzwischen eine Leiter angelegt und retteten auf eigene Faust die Möbel, indem sie Stühle und Tische darauf herunterrutschen ließen.

„Seid ihr denn wahnsinnig“, schrie Gießkanne, der Musiklehrer, und fuhr dazwischen.

Jetzt wurde in der Pumpe ein lautes Zischen hörbar, die Tanks füllten sich mit Wasser.

„Achtung, Dampfwalze“, rief Ottokar.

Mauersäge stand noch immer am Fenster. Stephan und Ottokar pumpten aus Leibeskräften. Am Schlauchende gab es ein gurgelndes Geräusch, doch Dampfwalze, der in dem allgemeinen Gejohle Ottokars Warnung nicht verstanden hatte, drehte sich um, die Mündung noch immer auf das Fenster gerichtet.

„Was?“, fragte er.

Da gab es einen Ruck im Schlauch, und ein scharfer Wasserstrahl schwappte, gleich einem schweren Brecher, den „Fliegenden Holländer“ vom Fenster weg. Stephan und Ottokar pumpten wie Galeerensträflinge.

Der Rex bemerkte die Katastrophe als Erster. „Dreh den Schlauch weg“, brüllte er dazwischen, aber Dampfwalze, von dem plötzlichen

Wasserdruck wohl selber erschrocken, merkte nicht, dass er damit gemeint war.

„Den Schlauch weg, sag ich", wiederholte der Rex mit Donnerstimme, doch Dampfwalze machte seiner langen Leitung weiter Ehre. Fragend drehte er den Kopf zur Seite. Nur den Kopf, nicht den Schlauch.

Trotz der allgemeinen Verwirrung hatte Stephan die Stimme des Rex gehört. „Stopp, Ottokar!", rief er und hielt inne.

Ein scharfer Wasserstrahl – und die Katastrophe war da!

Er wollte gerade auf Dampfwalze deuten, als vom Schloss her ein Geräusch brechenden Glases zu vernehmen war. Jean, der überkluge Diener Mauersäges, hatte ungeachtet des Wasserdrucks versucht, das Fenster zu schließen. Noch ein letzter Strahl, dann war der feuchte Spuk vorüber.

So wütend hatten die Ritter ihren Rex noch nie gesehen. Keuchend und selbst pudelnass herrschte er Dampfwalze an: „Das nächste Mal stellen wir den Klügsten an die Spritze, nicht den Stärksten."

„Ich hab nicht gewusst, wann das Wasser kommt", verteidigte sich der mir argloser Miene.

„Eben deswegen!", fuhr der Rex noch einmal auf. Und zu den anderen gewandt: „Wir sprechen uns noch!" Damit verließ er das Schlachtfeld.

Noch am selben Abend war Schulversammlung. Zwar konnte der Rex niemanden für schuldig erklären, auch Dampfwalze nicht, der hatte einfach zu spät reagiert. Dennoch hielt er eine Strafe für angebracht, da bei der „Übung" immerhin einiges zerstört worden war.

„Ich lasse euch so viel Freiheit, wie das überhaupt nur in einer Landschule möglich ist! Solange eure Streiche witzig sind und niemand und nichts dadurch zu Schaden kommt, wird selbst bei den frechsten Ideen nicht gestraft. Aber Zerstörung, ob aus Mutwillen oder Albernheit – das geht nun wirklich nicht. Ich hoffe, ihr seht das ein!"

Die „Gärtner" hatten ein gutes Dutzend Rosenstöcke zugeschippt, dann das zerbrochene Fenster, der Wasserschaden im Innern und drei gebrochene Tisch- und Stuhlbeine durch den Bergungstrupp. Ganz abgesehen von dem Schock, den der Graf bekommen hatte. Dabei war es wirklich keine böse Absicht gewesen. Die mangelhafte Organisation und der komische Aufzug Mauersäges hatten von vornherein eine so ausgelassene Stimmung hervorgerufen, dass keiner richtig aufpasste.

„Die nächsten vierzehn Tage", so schloss der Rex, „werdet ihr keinen Sport machen, sondern Kartoffeln ernten. Darüber hinaus überlegt euch bitte, auf welche Weise wir Graf Schreckenstein wieder versöhnen können. Mit bloßen Entschuldigungen ist das nicht getan, wir müssen etwas leisten, was ihn freut.“

Damit ging er hinaus; die Schulversammlung war geschlossen.

Nachdem ein paar Tage eifrig Kartoffeln gebuddelt worden waren, kam Sonja wieder herübergerudert und staunte nicht wenig über die plötzliche „Erntefreudigkeit“. Seit ihrer tatkräftigen Mithilfe zur Rettung der Schule im letzten Sommer war sie bei allen gleichermaßen beliebt.

„Darf ich mir erlauben“, sagte Mücke unter allgemeinem Gelächter und übergab ihr einen riesigen Erdklumpen mit einer winzigen Kartoffel.

Dann erfuhr sie von den Ereignissen, die diese Fronarbeit zur Folge hatten, und konnte sich, vor allem bei den witzigen Schilderungen von Mücke, gar nicht mehr beruhigen. An diesem Tag hörten die Schreckensteiner zum ersten Mal von Sonjas jetziger Tätigkeit, denn Stephan und Ottokar hatten sich darüber natürlich ausgeschwiegen.

„Was? Da drüben soll ein Mädchenpensionat sein?“, sagte Hans-Jürgen zweifelnd.

„Und ob da eines ist!“, lachte Mücke überlegen.

„Woher willst ’n du das wissen?“, fragte Dieter.

„Ich bin eben gut in Erdkunde, außerdem habe ich eine Schwester dort.“

„Und das sagst du uns erst jetzt?“, zischte Dampfwalze.

Aber Mückes Schlagfertigkeit war nicht umsonst berüchtigt: „Seit wann reden wir über Mädchen? Du hast ja auch ’ne Schwester in Neustadt!“

Damit war das Gespräch beendet. Stephan und Ottokar hatten sich wohlweislich herausgehalten. Erst nach der Buddelei, als sie mit Sonja allein am Bootssteg saßen, erkundigten sie sich vorsichtig nach den Früchten ihrer nächtlichen Unternehmung.

„Wie ging’s denn bei dir neulich? Bist du gut reingekommen?“, fragte Ottokar mit dem harmlosesten Gesicht der Welt.

„Na, ich hab vielleicht ein Glück gehabt, dass mich niemand erwischt hat. Stellt euch vor: Ausgerechnet in der Nacht …“ Und sie erzählte die ganze Schandtat, wobei Stephan und Ottokar sichtlich bemüht waren, stets erstaunt dreinzuschauen und nie zu früh zu lachen. „… unser Schuldiener musste am anderen Morgen in jede Klasse von außen einsteigen und die Hölzer wegmachen.“

„Der Einfall ist für Mädchen fast zu gut“, sagte Stephan frech, um zu prüfen, ob sie nicht vielleicht doch einen Verdacht gegen ihre Freunde hegte.

Aber das schien Sonja den beiden in Anbetracht der finsteren Nacht und des unbekannten Gebäudes doch nicht zuzutrauen. „Unterschätzt die Mädchen nicht! Zwei waren es, und die müssen jetzt jeden Tag Kartoffeln schälen“, fuhr sie fort.

„Ja, wieso denn?“, verquasselte sich Stephan beinahe.

„Ach“, sagte Sonja, „sie haben’s zwar noch nicht zugegeben, aber man weiß, dass sie’s waren.“

„Jaja, immer diese Kartoffelstrafen!", klagte Ottokar scheinbar voller Anteilnahme. „Dabei finde ich den Streich wirklich ausgesprochen witzig."

„Das schon", antwortete Sonja. „Aber unsere Direktorin ist eben nicht euer Rex!"

Stephan und Ottokar nickten stumm.

Sonja nahm die Pause zum Anlass, sich zu verabschieden. „Ja, ich muss noch zu meinem Vater und dann schleunigst wieder rüber. Bei mir sind's eben doch über 5000 Ruderschläge", sagte sie lachend und ging.

Die Jungen schauten ihr nach. „Dass sie mitgezählt hat, finde ich aber ganz toll", bemerkte Ottokar anerkennend.

Stephan antwortete nicht gleich. Er schien nachzudenken. Erst nach einer Weile fragte er: „Du! Was hältst du von der Sache?"

„Hm. Zu dumm!", antwortete Ottokar.

Stephan nickte abwägend vor sich hin. „Der Streich war gut, ohne Zweifel. Dass aber zwei Unschuldige darunter zu leiden haben – das geht nicht."

„Auch nicht, wenn's Mädchen sind!", bekräftigte Ottokar.

„Sagen wir's ihr, wenn sie zurückkommt?", fragte Stephan.

„Sonja? Nee! Solche Sachen müssen ohne Zwischenhändler erledigt werden. Die will womöglich gar nicht, dass wir rüberkommen."

„Und rüber müssen wir, das steht fest."

Ja, so waren sie, die Schreckensteiner. Sie leisteten sich weit mehr als alle ihre Kameraden in den Stadtschulen, und das konnten sie auch. Denn sie besaßen etwas, das die meisten ihrer Altersgenossen nicht hatten: eine ganz klare, offene Haltung. Die war ihnen von keinem Lehrer eingebläut worden, die hatten sie selbst gefunden, durch ihr Leben auf der Burg. Ihr Wahlspruch, zu dem sie sich seinerzeit in der Folterkammer bekannt hatten, hieß:

Ich will auf Schreckenstein
allzeit fair und ehrlich sein!

„In der Höhle der Löwin"

Stephan und Ottokar wollten sich entschuldigen. Nur wann und wie, war noch nicht klar. Um die Unschuldigen nicht länger leiden zu lassen, musste das bald geschehen. Vormittags war Unterricht, da ging es auf keinen Fall, blieb also nur der Nachmittag, und hier galt es einen glaubhaften Grund zu finden, um von der Kartoffelbuddelei freizukommen. Bei Beurlaubungen von Strafarbeiten sind Kameraden besonders hellhörig. Dennoch musste ein Vorwand gefunden werden. Weniger wegen des Rex, dem hätte man die ganze Geschichte ruhig erzählen können, als vielmehr wegen der anderen. Dass die beiden für ihre Tat einstehen wollten, hätten sie noch gefressen, dass sie aber in ein Mädchenpensionat gehen mussten, hätte ihnen allerhand Spott eingebracht. Und das wollten sie natürlich vermeiden.

Wie schon so oft hatte Ottokar die rettende Idee. „Der Rex hat doch gesagt, wir sollen uns was überlegen, womit wir Mauersäge eine Freude machen können."

„Ja und?", brummte Stephan argwöhnisch.

„Die machen wir ihm. Wir bauen ihm in seinem Jagdrevier einen Hochsitz."

„Mensch", sagte Stephan und boxte Ottokar auf die Brust, „das ist ja super. Da können wir jeden Nachmittag verduften!"

Die Idee erwies sich als wirklich einzigartig, denn Mauersäges Jagdgründe umrahmten den See fast zu zwei Dritteln, sodass es gar nicht auffallen konnte, wenn sie mit dem Boot losfuhren.

„Einverstanden", sagte der Rex, nachdem sie ihm den Plan vorgetragen hatten. „Fangt sofort an damit." Und mit einem verständnisvollen Lächeln fügte er noch hinzu: „Von der Kartoffelklauberei seid ihr selbstverständlich befreit."

Schon fünf Minuten später rannten sie, mit Beil und Säge bewaffnet, zum Bootssteg hinunter.

„Wo wollt ihr denn hin?", fragte Mücke, der mit anderen Neugierigen vom Acker herübergelaufen kam.

„Wir sollen die Kartoffeln unter Wasser ernten. Auftrag vom Rex."

In Anbetracht der ernsten Lage wurden die Ruderschläge diesmal nicht gezählt. Stephan musste unwillkürlich an den Geschichtsunterricht denken, was bei ihm eine Seltenheit war. Wie hatte der Rex damals gesagt? Kaiser Heinrich der Vierte fuhr zu Papst Gregor nach Canossa, um sich selbst zu demütigen. Sogar die Jahreszahl fiel ihm wieder ein: 1077.

„Weißt du, wie ich mir vorkomme?", sagte er unvermittelt. „Wie Heinrich der Vierte auf der Fahrt nach Canossa."

„Ich glaube, du spinnst", antwortete Ottokar barsch.

Als technisch begabter Junge lebte er ausschließlich in der Gegenwart und hatte für derlei Gedankensprünge wenig Verständnis.

Drüben war alles still. Sie fuhren unter den Weiden durch und schauten zum Bootssteg hinüber – keine Menschenseele. Ohne ein Wort zu reden, machten sie den Kahn fest und stiegen den steilen Waldweg hinauf. Je näher sie der Lichtung kamen, desto mulmiger wurde ihnen. Aber sie waren Ritter, und für einen Ritter gibt es kein Zurück. Vorsichtig schauten sie zwischen den letzten Stämmen hindurch auf die Wiese. Keine Menschenseele. Nach ein paar Schritten tauchte das Schloss auf. Bei Tag besehen machte es mit seinem rosaroten Anstrich dem Namen Rosenfels wirklich alle Ehre. Da! Neben dem linken Turm arbeitete ein alter Mann mit einer Spitzhacke. Er kehrte ihnen den Rücken zu.

„Fragen wir ihn!“, sagte Ottokar. Stephan nickte.

„Guten Tag“, sagte Stephan, „wir möchten gern …“

Der Mann drehte sich um und maß die beiden mit einem mürrischen Blick. „Was wollt ihr denn hier?“

„Wir möchten gern zu …“ Stephan stockte. Den Namen der Direktorin kannte er ja gar nicht.

In dieser Not griff Ottokar auf Sonja zurück. „Zu Fräulein Waldmann“, sagte er.

Das schien den Alten zu beruhigen. Seine Züge hellten sich auf. „Soso, zu Fräulein Waldmann. Na, dann kommt mal mit."

Er legte die Hacke weg und schritt voran. Stephan und Ottokar sahen sich erleichtert an und folgten ihm. Die erste Klippe war geschafft. Noch immer zeigte sich nirgends ein Mädchen, und so nahmen sie die Gelegenheit wahr, die Stätte ihrer Tat bei Helligkeit zu besehen. Da drüben lag der Schuppen mit der Leiter. Ach, da war ja auch der Holzstoß und darüber lagen die Klassenzimmer. Obwohl Stephan keine Augen im Hinterkopf hatte, beschlich ihn plötzlich das Gefühl, er werde beobachtet. Langsam wendete er den Kopf. Und richtig: Aus einem Fenster des zweiten Stockwerks schauten zwei ... drei ... vier ... fünf Mädchen interessiert herunter. Bei Stephans Kopfwendung verschwanden sie schleunigst, um kurz darauf wieder vorsichtig zu erscheinen.

Glücklicherweise bog jetzt der Alte nochmals um einen Eckturm. Da war endlich der Eingang. „Wenn ihr zu Fräulein Waldmann wollt", begann der Mann, während sie eine breite Holztreppe hinaufstiegen, „kommt ihr wohl von ihrem Vater?“

Neugierig ist der auch gar nicht, dachte Ottokar und antwortete: „Ja, wir kommen von ihrem Vater.“ Das war auch nicht geschwindelt.

„Soso“, sagte der Alte und strahlte, „dann gehört ihr sicher zu den berüchtigten Schreckensteinern?“

Damit trat er durch eine Glastür in einen langen Flur. Rechts die Fenster zum Hof, links Zimmertüren und dazwischen – wie auf der Burg – Schränke. Eine Tür öffnete sich, und ein großes blondes Mädchen trat heraus. Als sie die drei sah, stockte sie und verschwand wieder ins Zimmer.

„So, da wären wir!“ Der Alte blieb stehen und klopfte an eine Tür: „Fräulein Waldmann, Sie bekommen Besuch!“

„Ja, bitte!“, klang es von drinnen.

Stephan murmelte ein Art „Danke schön“ und ging hinein.

Sonja war platt. Sie saß am Schreibtisch, der schräg vor dem Fenster stand, und starrte die beiden an, als kämen sie direkt vom Mars. „Ja, sagt mal, ihr könnt doch nicht einfach hier aufkreuzen?“

„Och“, antwortete Ottokar, sichtlich erleichtert, vorläufig noch in Sicherheit zu sein, „wir wollten dich nur mal besuchen.“

Doch es klang wohl nicht sehr überzeugend, jedenfalls schöpfte Sonja Verdacht, und nach einigem Hin und Her rückten sie mit der Wahrheit heraus.

Sonja biss sich auf die Lippe und dachte nach. „Ihr bringt mich da in eine verflixte Lage. Die Alte, ich meine Fräulein Doktor Horn, darf auf keinen Fall erfahren, dass ihr mich über den See gerudert habt.“

„Ja, aber ...“, wollte Stephan entgegnen.

Sie schnitt ihm energisch das Wort ab. „Auf gar keinen Fall. Ich bin die jüngste Lehrerin und viel zu kurz hier. Außerdem hat sie ein Vorurteil gegen mich.“

Jetzt nahm Ottokar einen Anlauf. „Aber Sonja, es sind zwei Unschuldige bestraft worden, das können wir doch nicht auf uns sitzen lassen!“

„Gut, ich kann die beiden holen, und ihr entschuldigt euch, mehr geht nicht."

„Hör mal zu, Sonja", versuchte es Stephan wieder, „wir wollen uns nicht entschuldigen, wir wollen, dass die Strafe aufgehoben wird."

Doch so war ihr nicht beizukommen.

„Ihr habt meinem Vater versprochen, gleich wieder zurückzurudern – das habt ihr nicht getan, und deswegen soll ich jetzt mit hineingezogen werden? Nein." Sie drehte sich um und schaute zum Fenster hinaus.

Ottokar zuckte die Achseln. Da stand Stephan auf und ging zu ihr hin. Langsam und wohlüberlegt sagte er: „Schau, Sonja, du weißt doch, wie wir drüben denken. Wenn einer etwas angestellt hat, soll er auch dafür einstehen. Du denkst doch auch so?"

Sonja nickte, ohne sich umzudrehen.

Stephan fuhr fort: „Wir haben den Streich gemacht, und du bist zu spät heimgekommen. Und dafür müssen wir jetzt geradestehen, wir alle drei!"

Ottokar, der schräg hinter Stephan saß, hob

den Zeigefinger und rollte die Augen, als wollte er sagen: „Sehr überzeugend!“

Es dauerte eine Weile, bis sie antwortete. „Eigentlich hast du recht“, begann sie und drehte sich wieder um, „entschuldige, dass ich nicht gleich darauf kam.“

Dann wurde beratschlagt, wie man es der Direktorin am besten beibringen könnte. Sonja war wie ausgewechselt. Jetzt wollte sie sogar mitkommen, was natürlich eine große Erleichterung bedeutete.

Und ehe sie sich noch darüber geeinigt hatten, wer als Erster sprechen sollte, standen sie schon vor einer Tür mit dem Schild: *Doktor Adele Horn*.

Stephan fuhr sich noch einmal mit der Hand durch die Haare, Ottokar stopfte sein Hemd in die Hose, Sonja holte tief Luft und – klopfte.

„Herein“, schnarrte drinnen eine scharfe Stimme.

Sonja führte das Wort. Zuerst murmelte sie eine Entschuldigung für das unerwartete Eindringen und stellte dann die beiden vor. Ein mageres, ältliches Fräulein mit Habichtkopf maß die Jungen aus strengen grünen Augen.

Sieht aus wie Mauersäges Schwester, dachte Stephan unwillkürlich. Und dann sah er sich um. Die Wände waren voller Bücher. Für weitere Betrachtungen blieb ihm jedoch keine Zeit, denn jetzt wandte sich die Heimleiterin an ihn. „So, vom Schreckenstein kommt ihr? Dann habt ihr bestimmt etwas angestellt!“, sagte sie schneidend.

Na, dann hinein, dachte Stephan und gab sich einen Ruck. Wie immer, wenn er eine Schwierigkeit oder Gefahr vor Augen sah, wurde er plötzlich ganz ruhig. „Ja, Frau Doktor“, begann er, „wir haben die Klassenzimmer verrammelt und wollen ...“

„Ihr habt hier gar nichts verloren!“, unterbrach ihn die Direktorin.

Stephan suchte nach einem neuen Anfang, doch Sonja kam ihm zuvor. „Die beiden haben mich herübergerudert, nach dem Geburtstag meines Vaters ... der letzte Omnibus war schon ...“ Auch sie kam nicht weiter.

„Gerudert? Nachts? Wer hat euch das erlaubt?“

„Es war, es war die beste Notlösung!“, flötete Ottokar behutsam dazwischen.

Doch da ging die Heimleiterin schon hoch wie eine Rakete. „Notlösung! Notlösung! Das ist eure moderne Erziehung da drüben!“

Sie schimpfte so schnell, dass man gar nicht folgen konnte. Jedenfalls schien das, was sie sagte, für den Rex nicht gerade schmeichelhaft zu sein. Die drei standen da, als hätte sie ein Sommergewitter auf freiem Feld überrascht.

Stephan hörte gar nicht mehr zu. Er dachte an ein Buch über Kriegskunst, das er einmal gelesen hatte. Darin stand, dass es klug sei, den Gegner zuerst angreifen und sich austoben zu lassen, um dann, wenn er verschnaufen muss, zum Gegenschlag auszuholen.

Als sie geendet hatte und Atem holte, legte er los: „Wir wissen, dass wir für das, was wir getan haben, bestraft werden. Davor wollen wir uns auch gar nicht drücken. Wir sind nur gekommen, weil wir gehört haben, dass zwei Unschuldige für unsere Tat büßen müssen, und das wollen wir nicht.“

„Wir wollen nicht, dass zwei Unschuldige für unsere Tat büßen müssen."

So viel Offenheit hatte Adele Horn nicht erwartet. Mit aufgerissenen Augen starrte sie erst Sonja an, dann Stephan und schließlich Ottokar, der sich dadurch bemüßigt fühlte, Stephans Rede mit einem „Ja, so ist es" zu unterstreichen.

„Holen Sie die beiden!", sagte die Heimleiterin nach einer Weile, und während Sonja hinausging, um den Auftrag auszuführen, umkreiste sie Stephan und Ottokar wie ein Sechstage-Fahrer die

Bahn, wobei sie fortwährend halblaut vor sich hin sprach.

Endlich kehrte Sonja mit den Mädchen zurück. Die größere, ein blonder Wuschelkopf, kam Stephan irgendwie bekannt vor. Sie war es, die er an der Tür gesehen hatte. Die Heimleiterin nannte die Namen: Der Wuschelkopf hieß Beatrix Lebkowitz. Aha, dachten die beiden Ritter und erinnerten sich an das Schulheft, die Kollegin mit den schlechten Noten! Die andere, eine Dunkle, hieß Ingrid und war – Mückes Schwester. Mit gesenkten Köpfen, ohne die Jungen eines Blickes zu würdigen, standen sie da und hörten sich das ritterliche Bekenntnis an. Danach schickte die Direktorin sie wieder hinaus. Nach einigen Ermahnungen, dass so etwas nicht wieder vorkommen dürfe, und einem „Das nächste Mal nehmen Sie den Omnibus“ an Sonjas Adresse war die Unterredung beendet.

„Die ist ja ein Albtraum!“ Ottokar atmete erleichtert auf, als sie endlich draußen waren.

„Jetzt wisst ihr, warum ich erst so dagegen war“, klagte Sonja.

„Du siehst aber“, versuchte Stephan sie zu trösten, „wenn man ihr die reine Wahrheit sagt, reagiert sie eigentlich ganz vernünftig.“

„Jedenfalls ist hier jetzt dicke Luft“, antwortete Sonja. „Ich bringe euch lieber raus.“

Damit hatte sie recht, es war wirklich dicke Luft. Hinter jedem Schrank, jeder Tür oder Säule schauten Mädchen mit finsteren Mienen hervor. Es war das reinste Spießrutenlaufen. Auf der Treppe begegnete ihnen noch eine dickliche Frau mit freundlichen Augen. Sie strahlte Stephan und Ottokar an und sagte im Vorbeigehen: „Männer? Haha, so was!“

„Das war Fräulein Böcklmeier, Erdkunde und Englisch“, klärte Sonja die beiden auf.

„Wenigstens ein freundliches Gesicht“, meinte Ottokar.

Erst am Waldrand blieb Sonja stehen. Sie war sichtlich unruhig. „Ich muss jetzt zurück. Redet auf jeden Fall mit Papa, vielleicht muss er mir helfen.“ Damit verabschiedete sie sich und ging eilig davon.

„Die Arme“, brummte Ottokar.

„Ja“, nickte Stephan nickte. „Es ist manchmal gar nicht so einfach mit der Wahrheit.“

„Aber gut für den Schlaf.“ Ottokar grinste, froh, alles überstanden zu haben. Doch darin sollte er sich täuschen, und zwar gründlich. Noch längst war nicht alles überstanden, im Gegenteil, jetzt ging es erst richtig los. Die erste Kostprobe hiervon bekamen die beiden, als sie an den Bootssteg zurückkehrten. Ihr Boot war zwar noch da, aber bis oben hin voll Wasser.

„Au warte!“, brummte Stephan und zog Schuhe und Strümpfe aus. Dann standen sie wie die Kulis im knietiefen Wasser und wuchteten den schweren Kahn auf den Strand, um ihn auszuleeren. Das Schlimmste aber war nicht die Arbeit, sondern der Umstand, dass diese von höhnischen Zwischenrufen der Mädchen begleitet wurde.

Überall im Gebüsch und auf den Bäumen versteckt saßen sie und weideten sich an den Anstrengungen der beiden. So wurden die Bemühungen, den Kahn mit Schwung aufs Land zu setzen, von einem vielstimmigen „Ho ruck“ begleitet, dem dann schallendes Gelächter und

Gekicher folgte, wenn es wieder mal nicht klappte.

„Seid doch still, ihr Gänse!“, brüllte Ottokar wütend in den Wald hinein, erntete damit jedoch nur ein lang gezogenes „Buuuuuh!“.

Nachdem sie fast eine halbe Stunde geschuftet hatten, war es endlich so weit, und sie konnten losrudern.

„Seid doch still, ihr Gänse!“,
brüllte Ottokar wütend.

Doch kaum hatte sich der Kahn vom Ufer gelöst, stürmten von allen Seiten Mädchen herbei, schrien und machten den schwer geprüften Rittern lange Nasen.

„Nur raus hier!", keuchte Stephan und warf sich in die Riemen, dass der Kahn in allen Fugen ächzte.

Die Engstelle zwischen den beiden Trauerweiden war kaum fünf Meter breit. Die Mädchen rannten von beiden Seiten auf die Enge zu. Stephan und Ottokar ruderten aus Leibeskräften, um mit viel Schwung möglichst schnell durchzukommen. Als sie in die herabhängenden Zweige tauchten, ließen sie die Ruder los und duckten sich zusammen. Unter ohrenbetäubendem Geschrei spritzten die Mädchen von beiden Seiten mit Wasser.

Endlich hatten die beiden den freien See erreicht und schauten auf. Sie sahen aus wie nach einer Äquatortaufe, und das Wasser stand knöcheltief im Kahn. Die Mädchen wollten sich gar nicht mehr beruhigen. Der blonde Wuschelkopf Beatrix lief sogar noch ins Wasser hinein und rief ihnen nach: „Das nächste Mal meldet ihr euch gleich, ihr Feiglinge!“

Stephan sprang auf und brüllte, rot vor Zorn, zurück: „Du blöde Kuh!“

Dann war der Spuk vorbei.

Wer den Schaden hat ...

Es war für die beiden Ritter eine Selbstverständlichkeit, dass sie, trotz der erlittenen Schmach, auf dem Rückweg nach einem geeigneten Platz für den Hochsitz suchten. So legten sie an einer günstigen Stelle nochmals an. Ihre durchnässten Kleider ließen sie am Strand in der Sonne zum Trocknen zurück. Nur mit einer Badehose bekleidet, machten sie sich auf die Suche nach einem guten Platz für den Hochsitz.

Da Stephans Vater Jäger war, hatte auch der Sohn einige Kenntnisse auf diesem Gebiet, die für den Zweck ausreichten.

„Wie weit willst du denn noch latschen?“, fragte Ottokar, der die lange Säge trug.

„Ich suche einen Wildwechsel“, antwortete Stephan.

Sie traten auf eine schmale Lichtung, und Stephan hielt nach Spuren Ausschau.

„Hier!“, rief er plötzlich und zeigte Ottokar

eine Art Trampelpfad, der aus dem Wald, über die Wiese und wieder in den Wald führte.

Sie maßen eine Entfernung von fünfzig Metern aus und fanden einen Baum, der in etwa drei Meter Höhe eine Astgabelung aufwies.

„Hier kommt der Hochsitz hin“, erklärte Stephan. „Da hat Mauersäge eine prima Sicht.“

Sie markierten die Stelle sowie den Weg dorthin durch Kerben an den Bäumen. Am Ufer bauten sie noch eine kleine Steinpyramide, um den Platz vom See aus leichter finden zu können. Dann zogen sie ihre getrockneten Kleider wieder an und machten sich auf den Heimweg. Während der ganzen Fahrt sprachen sie kaum ein Wort. Sie konnten die Reaktion der Mädchen einfach nicht begreifen. Sie hatten doch zu ihrer Tat gestanden und den Unschuldigen die Strafe abgenommen.

Stephan ärgerte sich noch nachträglich über die Blonde mit dem Wuschelkopf, diese Beatrix. Ausgerechnet sie hatte ihn einen Feigling genannt. Das hatte bisher niemand gewagt.

Ottokar, der vorne saß und für den Kurs verantwortlich war, drehte sich nur selten zu dem schlecht gelaunten Stephan um. So kam es, dass sie erst unmittelbar vor dem Anlegen bemerkten, wer sie erwartete: der Rex. Mit steinernem Gesicht stand er auf dem Steg und schaute auf die schwer Geprüften herab.

Jetzt wäre ein U-Boot gut, dachte Stephan.

„Wir haben einen prima Platz gefunden, Herr Meyer“, verkündete Ottokar, als ließe sich seine Begeisterung nicht länger zurückhalten.

„Und ich habe inzwischen einen prima Anruf bekommen“, antwortete der Rex schneidend. „Kommt mal mit!“

Stephan und Ottokar zogen die Köpfe ein, und so langsam und sorgfältig sie den Kahn auch festbanden, es half ihnen nichts, sie mussten mit.

„Gerade von euch hätte ich Besseres erwartet, als in eine Mädchenschule einzusteigen“, fuhr er fort, während sie über den Steg gingen.

Hinter der Ecke des Bootshauses stand grinsend – Dampfwalze. Er musste alles gehört haben und freute sich über die Blamage.

Im Arbeitszimmer des Rex saß bereits Doktor Waldmann, der sie ebenfalls kühl und mit einem stummen Kopfschütteln empfing. Der Rex nahm an seinem Schreibtisch Platz und zündete sich eine Pfeife an. Die beiden blieben stehen.

Wenn er raucht, wird's nicht so schlimm, dachte Stephan.

Als die Pfeife endlich brannte, sagte der Rex: „Fräulein Doktor Horn rief mich heute Nachmittag an. Ihr habt die ganze Schule in eine schwierige Lage gebracht. Doch bevor ich mich hierzu äußere, möchte ich hören, was ihr dazu zu sagen habt."

Hier ist es also nichts mit der „Kriegskunst", dachte Stephan, der Rex ist ein ganz schlauer Verhandler.

Wie schon drüben, begann Ottokar mit einer Abschwächung. „Wir haben uns zuerst bei Fräulein Doktor Horn entschuldigt, und dann wollten wir mit der Arbeit am Hochsitz anfangen."

Stephan beneidete ihn insgeheim um sein dickes Fell.

„Eure Arbeit am Hochsitz hat niemand bezweifelt. Aber bleib bitte bei der Sache", nagelte ihn der Rex fest.

Da wurde Stephan wieder ganz ruhig. Jetzt war er dran. Er musste die Sache erklären, ganz allein. Ottokar war nicht zu schlagen, wenn es galt, technische Schwierigkeiten zu überwinden, aber reden, verhandeln, das konnte er besser. So ergänzten sich die beiden Freunde.

„Wir haben zwei Fehler gemacht", begann Stephan. „Erstens, dass wir drüben eingestiegen sind, und zweitens, dass wir's Herrn Doktor Waldmann nicht gleich gesagt haben."

„Wenn das so einfach wäre!", unterbrach ihn der Rex. „Meine ganze Pädagogik habt ihr infrage gestellt!" Er ging erregt im Zimmer auf und ab. „Ihr wisst genau: Ich lasse euch hier mehr Freiheiten, als das in irgendeiner anderen Schule der Fall ist. Schlägt mal einer über die Stränge, dann bleibt es unter uns. Aber wenn ihr diese Freiheit ausnützt, um euch draußen schlecht zu benehmen, so fällt das einzig und allein auf mich zurück, und ihr zwingt mich, strenger zu sein."

Doktor Waldmann wollte etwas zur Entschuldigung beitragen. „Ich hätte sie gar nicht weglassen dürfen!", klagte er.

„Natürlich durften Sie das“, widersprach der Rex. „Sie konnten ja nicht wissen, dass die zwei Ritter, und noch dazu diese beiden, Ihr Vertrauen so missbrauchen würden!“

Doktor Waldmann war sichtlich erregt. „Warum habt ihr mir's denn nicht erzählt?“

„Ich weiß nicht“, sagte Ottokar achselzuckend. „Nachts haben Sie uns gleich ins Bett geschickt, und am nächsten Tag, da ... da kam's einfach nicht mehr dazu. Und dann war's eben verpasst.“

„Wir wollten auf keinen Fall, dass die anderen etwas davon erfahren“, fuhr Stephan fort, „und so haben wir's dummerweise auch Ihnen verschwiegen.“

„Warum durften es die anderen nicht erfahren?“, hakte der Rex sofort ein.

Stephan wurde unsicher. „Weil ... weil ... wir dachten, sie lachen uns vielleicht aus.“

Der Rex setzte sich wieder hin, um seine Pfeife frisch anzuzünden. „Jetzt wissen sie's aber, und das werdet ihr noch zu fühlen kriegen!“

„Wir haben eben versagt“, sagte Stephan zerknirscht.

Auf diese Einsicht schien der Rex gewartet zu haben, denn seine Stimme klang viel ruhiger und freundlicher, als er fortfuhr: „Ja, das habt ihr, aber das kann jedem mal passieren. Fräulein Doktor Horn hat zwar gegen meine Methode gewettert, trotzdem: Eure Entschuldigung hat ihr mehr imponiert, als sie zugeben wollte."

Er machte eine Pause und lächelte still vor sich hin. Dann stand er auf und schlug Stephan aufmunternd mit der Hand auf den Oberarm: „Mit den Rittern müsst ihr euch selbst auseinandersetzen. Von mir aus ist die Geschichte vergessen. Im Übrigen finde ich den Streich ganz komisch! Also Schwamm drüber." Und er drückte den beiden die Hand.

Damit stellte sich der Rex eindeutig vor Stephan und Ottokar, und sie bewunderten ihn noch mehr als zuvor. So was gab's eben nur auf Schreckenstein!

Der Rex behielt recht.

Dampfwalze hatte beste Wühlarbeit geleistet: Wo sie gingen und standen, wurden sie mit

Fragen gehänselt und ausgelacht. Ein Streich gegen Mädchen war alles andere als eine Heldentat. Stephan und Ottokar waren heilfroh, wenn sie am Nachmittag statt zum Kartoffelbuddeln zu ihrem Hochsitzbau rudern durften, obwohl ihnen auch diese Extrawurst täglich entsprechende Bemerkungen eintrug.

Sie hielten sich sehr zurück und sonderten sich auch an den Abenden ab. Stephan übte auf seinem Akkordeon, und Ottokar, der kein Instrument spielte, saß dabei.

So kam es, dass er eines Abends aus lauter Langeweile auf einem Stuhl den Rhythmus mitklopfte.

Stephan hatte sofort eine Idee. „Du wirst Schlagzeuger", sagte er unvermittelt. „Werner hat eine Trommel, frag ihn, ob er sie dir leiht."

Werner lieh ihm seine Trommel, und Ottokar entpuppte sich als großes Talent. So hatte die Schmach doch noch ein Gutes, die Horror Rock Jazz Band wurde um ein wesentliches Instrument bereichert.

Stephan – Akkordeon; Hans-Jürgen – Flöte;

Strehlau – Klavier; Rolle, der Sportlehrer – Bass; und Ottokar – Schlagzeug, das war eine Besetzung, die sich hören lassen konnte.

Doch der Zwist dauerte an.

„Und alles wegen der blöden Mädchen!“, klagte Ottokar.

„Lass nur“, beruhigte ihn Stephan. „Wir werden schon sehen, wer den längeren Atem hat. Aber das eine weiß ich genau: Dieser Beatrix wisch ich noch mal eins aus!“

Getuschel auf Schloss Rosenfels

Ganz ähnliche Gefühle hegte auch Beatrix gegen Stephan. Die vier Tage Kartoffelschälen hätte sie ihm noch verziehen. Schließlich hatte er sich zu seiner Tat bekannt. Was sie ihm jedoch nicht verzieh, war die „blöde Kuh". Dafür schwor sie ihm Rache.

Beatrix und Ingrid, die Schwester von Mücke, waren auf Schloss Rosenfels ungefähr das, was Stephan und Ottokar auf der Burg darstellten: die Angesehensten und Einfallsreichsten. Man traute ihnen alles zu. Sie hatten es bisher als Einzige gewagt, in dem streng geführten Internat nachts kleinere Streiche zu unternehmen. So saß einmal im Bett der Mathematiklehrerin eine Fledermaus, die der Armen, als sie die Decke zurückschlug, mit einem Blitzstart in die Haare sauste, dass sie fast in Ohnmacht gefallen wäre. Seit dieser Zeit wurden alle Vorkommnisse automatisch den beiden zugeschrieben. Fräulein

Doktor Horns scharfes Regiment verhinderte jegliches gute Einvernehmen zwischen Lehrern und Schülern. Von vornherein war alles verboten.

Doch eine Lehrerin gab es, zu der die Mädchen Vertrauen hatten, mit der sie über alles sprechen konnten und die viel lieber Kameradin als Respektsperson sein wollte: Sonja. Sie hatte es in kurzer Zeit fertiggebracht, nicht durch Strenge, sondern durch Verständnis die Achtung aller zu gewinnen. Durch ihren Vater und nicht zuletzt durch Stephan und Ottokar hatte sie eine modernere Auffassung von Schule, und der Erfolg gab ihr recht. Sie liebte Menschen, die einen Willen und eine eigene Meinung haben, die auch mal über die Stränge schlagen, und nicht die farblosen ewig Braven.

Aus diesem Grund verstand sie sich mit den beiden „Wilden“ natürlich am besten. Bei denen war immer etwas los. Beatrix hatte eine kleine Harmonika, auf der sie recht gut spielte, und Ingrid hatte eine ausgesprochene Begabung für das Komische. Wenn sie abends in Schlafsaal III ihre Lehrerinnen nachmachte, bogen sich die Mädchen vor Lachen.

Doch, wie gesagt, Beatrix sann auf Rache. Eines Abends erkundigte sie sich bei Sonja auffallend eindringlich nach dem Leben auf der Burg. „Und der Rex drüben ist wirklich so großzügig, wenn die Streiche lustig sind?"

„Ja."

„Der würde auch nicht hier anrufen, wenn wir …"

Jetzt war die Katze aus dem Sack.

„Wollt ihr etwa …", fragte Sonja erschrocken.

„Natürlich wollen wir", antworteten Beatrix und Ingrid. „Und Sie sollen uns dabei helfen."

„Kommt gar nicht infrage", erwiderte Sonja.

Aber da kam Beatrix erst richtig in Feuer. „Wir können es doch nicht auf uns sitzen lassen, dass zwei Typen hier einfach einsteigen. Und schon gar nicht, dass mich einer ‚blöde Kuh' heißt."

„Aber Beatrix, nimm doch Vernunft an", versuchte Sonja den ungebärdigen Wuschelkopf zu besänftigen. „Wenn Fräulein Horn das erfährt, ist es aus."

„Wie soll sie's denn erfahren, wenn der Schulleiter von drüben nicht anruft? Außerdem traut uns das kein Mensch zu, und das ist gerade der Reiz. Wir rudern rüber und stellen den ganzen Laden auf den Kopf."

„Was Jungens können, können wir schon lange", fügte Ingrid zur Bekräftigung noch hinzu.

Sie schilderten ihr Vorhaben in den schönsten Farben, sodass Sonja richtig Lust bekam. Sie war selbst noch viel zu jung, um das Unternehmen sofort und unangefochten ablehnen zu können. Aber sie war auch Lehrerin, wenngleich sie sich jetzt überhaupt nicht so vorkam. Deshalb sagte sie: „Ich glaube, es geht doch nicht, denn erstens ist mein Vater drüben Lehrer, und zweitens bin ich mit den Jungens befreundet."

Ingrid ließ nicht locker. „Und jetzt sind Sie hier Lehrerin und mit uns befreundet."

„Jawohl", unterstrich Beatrix noch, „wir Mädchen müssen doch zusammenhalten."

Sonjas Widerstand war besiegt. „Gut, ich helfe euch unter einer Bedingung: Was drüben gemacht wird, bestimme ich, und ... wir dürfen nicht zu viele sein."

„Einverstanden", wisperte Beatrix, die nicht mehr zu halten war und vor Freude, wie beim Seilspringen, auf der Stelle hüpfte. Der Gedanke, sich für Stephans Beschimpfung rächen zu können, beflügelte sie offenbar so sehr, dass sie schon jetzt in die Luft ging.

Alles wurde bis ins Kleinste vorbereitet. Die drei wollten nur noch Renate, Eva und Sophie mitnehmen. Diese Mädchen waren ebenso kräftig wie verschwiegen.

Falls ihre Abwesenheit bemerkt werden sollte, einigten sie sich auf die Ausrede „nächtliches Bad". Das war schon einmal vorgekommen und verhältnismäßig milde bestraft worden.

Also ruderten die mutigen sechs in zwei Kähnen bei sternklarem Nachthimmel über den Kappellsee. Sie trugen Pullover, lange Hosen und Turnschuhe und hatten neben Taschenlampen für alle Fälle ein sehr langes Wäscheseil mitgenommen. Ganz kühn legten sie am Bootssteg an, was auch das Gescheiteste war, denn unter den vielen Kähnen der Schreckensteiner fielen ihre beiden gar nicht auf.

Wie ein schlafender Bär lag die Burg auf dem Hügel. Sonja ging voran. Sie benutzte den normalen Weg. Um diese Zeit war hier keine Gefahr zu erwarten. Sie erinnerte sich eines Ausspruchs

Ganz kühn hatten die Mädchen am Bootssteg angelegt.

von Ottokar: „Das Burgtor knarrt, wie wenn Dampfwalze schnarcht", und wählte den schmutzigen, aber sicheren Weg durch den Heizungskeller. Von da aus konnte man durch die alte Mostpresse über den Kartoffelkeller in den Burghof gelangen. Es war unheimlich für die Mädchen, sich in dem fremden, dunklen Gewölbe vorwärtszutasten, und ihre kurzen Atemzüge verrieten die gewaltige Aufregung. Über eine mittelalterliche Kanone kletterten sie schließlich durch ein schmales Kellerfenster ins Freie. Sie waren im Burghof. Totenstille.

Als sie gerade von den Anstrengungen etwas verschnaufen wollten, stieß Renate plötzlich einen unterdrückten Schrei aus.

Alle fuhren herum und hielten erstarrt inne. Vor dem Burgfried stand im fahlen Licht des dünnen Mondes ein Monstrum, das aussah wie ein Polyp mit unendlich vielen Armen ... die Feuerwehrspritze.

Keine wollte der anderen eingestehen, wie sehr sie erschrocken war, und so schwiegen sie eine Weile.

Dann flüsterte Sonja: „Falls wir auseinandergerissen werden oder uns verlieren: Hier durch dieses Kellerfenster und dann links, wie wir gekommen sind. Treffpunkt bei den Booten. Alles klar?"

Die Mädchen nickten stumm.

„Dann kommt!" Sonja drehte sich um und ging schnurstracks auf den Eingang des Treppenhauses zu, der auch nachts immer offen war. Die Schreckensteiner Ritter hätten ihre helle Freude an den Mädchen gehabt, wenn der Streich nicht gegen sie selber gerichtet gewesen wäre. Wie gelernte Einbrecher stiegen sie die Treppe hinauf, ganz rechts am Geländer, wo die schweren Bohlen bestimmt nicht quietschen konnten. Oben im Gang brannte die einsame Sparbirne wie ein sterbendes Glühwürmchen. Es war mäuschenstill, nicht einmal das Schnarchen eines Ritters ließ sich vernehmen. Von jetzt an verständigten sich die Mädchen nur noch durch Zeichensprache. Sonja winkte, ihr zu folgen. Sie schlich den ganzen Korridor entlang, um die Ecke herum, bis ans Ende. Dort öffnete sie vorsichtig den letzten

Schrank und riss dann die Tür, um Knarren zu vermeiden, mit einem Ruck auf. Leise und behutsam nahm sie die Kleider heraus, erst die Wäsche, dann Hosen, Jacken und Pullover. Nur ein paar Klaviernoten ließ sie drin. Es war Strehlaus Schrank. Eva und Renate mussten die Sachen zur Treppe bringen, während Sonja, Beatrix und Ingrid sich über die nächsten Schränke hermachten. Sophie hatte das schwere Seil umgehängt und lauschte nach verdächtigen Geräuschen. Der Kleiderberg an der Tür wuchs so schnell, als seien nicht zarte Mädchenhände, sondern ein Bagger am Werk. Nachdem der erste Stock geräumt war, wiederholte sich der Vorgang im zweiten. Es klappte schon fast beunruhigend gut.

Durch die Reibungslosigkeit des Ablaufs wurden die Mädchen immer sicherer, begannen sich leise zu unterhalten und Unfug zu machen. Ingrid hielt sich beispielsweise ein Kleidungsstück vor und machte dabei eine ihrer Lehrerinnen nach, dass die anderen das Lachen kaum unterdrücken konnten. Die anfängliche Angst war völlig verflogen. Beatrix öffnete gerade ihren zwanzigsten Schrank, um ihn wie die vorigen auszuräumen. Plötzlich sah sie etwas, das ihr größtes Interesse erweckte – ein Akkordeon, das hochkant im Kleiderteil abgestellt war. Wie sie von Sonja wusste, gab es nur einen auf der Burg, der dieses Instrument spielte: ihr persönlicher Feind Stephan. Sie wollte es schon herausnehmen, aber Sonja winkte ab. Nur die Kleider!

Missmutig schob Beatrix die Tür wieder zu. Doch von nun an hatte sie jede Lust an dem Streich verloren. Der Gedanke der privaten Rache für die „blöde Kuh“ beherrschte sie völlig. Mechanisch arbeiteten ihre Hände, während sie ihr Hirn zermarterte, wie sie doch noch an das Akkordeon kommen könnte. Sie sah Stephan bereits im Geist, wie er morgens seinen Schrank öffnete und nicht nur die Kleider fehlten, sondern auch sein geliebtes Instrument. Und sie war fest entschlossen, ihm diesen Schrecken einzujagen.

Alle Schränke waren geleert, und die Mädchen begannen den Kleiderstapel in den Hof hinunterzutragen. Jede arbeitete völlig für sich. Das war für Beatrix der richtige Moment zu verschwinden. Als sie nach drei Ladungen wieder zu dem Kleiderstapel im ersten Stock hinaufkam, war sie allein. Rasch sah sie sich noch einmal um und huschte dann in dem dunklen Treppenhaus davon, hinauf in den zweiten Stock. Oben hielt sie abermals einen Augenblick inne und lauschte hinunter. Niemand schien ihr Verschwinden bemerkt zu haben. Auf Zehenspitzen ging sie den Korridor entlang. Eins, zwei, drei, vier, fünf, sechs … da war er!

Wie viele Bässe mag die Harmonika wohl haben, dachte sie und öffnete die Schranktür hastig, und vor lauter Neugier und Aufregung jede Vorsicht außer Acht lassend, griff sie nach dem Instrument, dessen Besitzer keine vier Meter von ihr entfernt hinter der gegenüberliegenden Tür in seinem Bett lag und den tiefen Schlaf eines heranwachsenden Ritters schlief. Doch so tief schlief er gar nicht! Die noch nicht restlos verschmerzte Niederlage und ihre durch Dampfwalze geschürten Folgen, ganz besonders aber die Erinnerung an diese Beatrix, die ihm sein ritterliches Eingeständnis so undankbar vergolten hatte … das alles beschäftige Stephan mehr, als er sich eingestand, und dies wirkte nachteilig auf Stephans sonst sehr gesunden Schlaf.

Beatrix hatte in ihrer Aufregung das Instrument statt an den Riemen völlig unfachmännisch am Bassgurt und der Tastatur herausgezerrt und zählte die Bässe und Register. Dabei öffnete sich der obere Balgverschluss, was sie jedoch nicht sofort bemerkte. Ihr rechter Mittelfinger war in die tiefe A-Taste verkrallt, und so ließ sich plötzlich dumpf gurgelnd dieses „A" vernehmen.

Oh, dachte Stephan im Halbschlaf, das war doch mein Akkordeon? Wie der Blitz sauste er aus dem Bett und tastete sich – jetzt hellwach – zur Tür.

Sicher ein Racheakt von Dampfwalze, kombinierte er, und seine Muskeln begannen sich zu straffen.

Vorsichtig öffnete er die Tür und lugte hinaus. Tatsächlich: Da stand eine gebückte Gestalt vor seinem Akkordeon. Mit einem Pantersprung riss er den Kerl in den Schwitzkasten und

Tatsächlich – da stand eine gebückte Gestalt vor dem Akkordeon.

schleuderte ihn – vom Instrument weg – nach links zu Boden. Doch als seine Hand dem Gegner an die Kehle fuhr, zuckte sie unwillkürlich zurück. Dieser schlanke Hals konnte unmöglich Dampfwalze gehören, auch nicht Klaus und Mücke – ja nicht einmal dem zarten Streber Strehlau, der sich außerdem nie an seinem Instrument vergriffen hätte.

Da gab der Gegner ein leises helles Stöhnen von sich. Stephans Pupillen hatten sich inzwischen an den matten Schein der Sparfunzel gewöhnt. Trotzdem glaubte er seinen Augen nicht zu trauen und beugte sich tiefer, um das Gesicht zu sehen. Tatsächlich! Diese verwünschte Beatrix!

„Du Giftschlange!“, zischte er, und der ganze Groll stieg wieder in ihm auf. „Wie kommst du denn hierher?“

„Au, du tust mir weh“, stöhnte sie.

Stephan hatte noch nie mit einem Mädchen gerungen und daher kein Maß. Er hielt sie an den Schultern fest und überlegte. Was sollte er tun? Die anderen wecken? Auf keinen Fall! Das hätte seine Lage nur verschlechtert.

„Willst du wohl aufhören“, zischte er plötzlich. Beatrix hatte ihn in die Hand gebissen. Sie musste weg hier. Aber wie und wohin? Das knarrende Burgtor ... ihre Gegenwehr ... was geschah, wenn sie nun schrie? Solche Gedanken durchzuckten ihn.

Nein! Er musste Zeit gewinnen. Erst in Ruhe überlegen und dann handeln. Sollte er Ottokar wecken? Wenn der, schlaftrunken, laut reden würde und die anderen aufwachten ... Unmöglich!

Also stand er auf, zog die Widerstrebende an der Hand hoch, drehte ihr den Arm mit einem Polizeigriff auf den Rücken und schob sie kurzerhand in seinen Schrank. Dass der leer war, fiel ihm in der Dunkelheit gar nicht auf.

Behutsam nahm er sein Akkordeon, trug es ins Zimmer, zog seinen Trainingsanzug über und Turnschuhe an. So ausgerüstet, öffnete er den Schrank wieder, nahm das Mädchen in den alten Griff und schob sie vor sich her.

„Wenn du schreist, kommst du in die Folterkammer!“, warnte er vorsorglich.

Als sie an der Treppe angelangt waren, blieb Beatrix stehen. Offenbar hatte sie Angst, die dunkle Stiege hinunterzugehen.

„Wenn du mich loslässt, sag ich dir was“, flüsterte sie.

„Wenn ich dich loslasse, haust du ab“, gab Stephan zurück. „Nee, du kommst schön mit!“ Damit zerrte er sie in den kleinen Raum unter der Treppe zum Speicher, den er sich mit Ottokar als Hauptquartier für ihre nächtlichen Unternehmungen eingerichtet hatte. Alles war da: Licht,

Tauchsieder, Kaffeekanne, Kekse, Stricke, Dietriche und Handschellen. Sogar ein altes Radio stand in der Ecke. Stephan knipste das Licht an und riegelte die Tür hinter sich zu. „So, jetzt kannst du reden! Setz dich!“

Beatrix gehorchte widerstrebend und rieb sich die vom Polizeigriff schmerzende Schulter. Eine Weile saßen sie schweigend nebeneinander.

Komisch, dachte Stephan, da ärgert man sich bucklig wegen dieses Mädchens und auf einmal ist sie da, mitten in der Nacht, und will mein Akkordeon klauen! Davon war er fest überzeugt, und dieser Gedanke brachte ihn zum Reden. „Du wolltest mein Akkordeon klauen?“

Beatrix schüttelte trotzig den Kopf.

„Lüg nicht, ich hab's doch gesehen!“

„Nix hast du gesehen!“

„Wie bist du überhaupt rübergekommen?“

„Ach – so!“, antwortete sie schnippisch.

„Was heißt so? Mit dem Boot?“, fragte er, aufgebracht über ihr störrisches Wesen.

„Vielleicht“, sagte sie und zuckte mit den Schultern.

So ging es nicht. Stephan schwieg und überlegte. Dann versuchte er es auf eine andere Art. Ganz ruhig und langsam fragte er: „Sag mal, warum bist du überhaupt so böse auf mich? Ich hab mich doch deinetwegen extra gemeldet!“

Für einen Augenblick sahen sie sich an, dann zischte sie: „Wegen dir hab ich vier Tage Kartoffeln geschält. Hättest dich ja auch früher melden können, du Feigling!“

Jetzt ging Stephan hoch. „Den Feigling nimmst du sofort zurück, du … du blöde Kuh!“

„Ja, und das hast du auch zu mir gesagt!“, schrie sie ihn so an, dass er ihr den Mund zuhalten musste, worauf sie ihn abermals in die Hand biss.

„Wenn du nicht augenblicklich Ruhe gibst, kommst du in die Handschellen!“, herrschte er sie an.

„Kommst dir wohl maßlos stark vor“, fauchte sie zurück.

Der ist einfach nicht beizukommen, dachte Stephan und sah sie von der Seite an. Und wie sie so kratzbürstig dasaß, war er auf einmal gar nicht mehr böse. Doch da kam ihm ein neuer Gedanke. „Woher wusstest du überhaupt, welcher mein Schrank ist?“

Sie zuckte die Achseln und antwortete nicht. Ihre Gedanken waren ganz woanders: bei den Freundinnen.

Nun werden sie wohl fertig sein, überlegte sie, und drunten am Steg auf mich warten. Ich muss sehen, dass ich hier herauskomme.

Stephan hingegen fasste ihr Schweigen als neuen Beweis ihrer Widerspenstigkeit auf und war wild entschlossen, sie nunmehr zum Reden zu zwingen. Er packte sie am Handgelenk. „Gib endlich Antwort!“

Wieder sahen sie sich hasserfüllt an. In dem schmalen Gelenk fühlte er das Pochen ihres Pulses und lockerte unwillkürlich den Griff. Auf einmal veränderte sich ihr Gesichtsausdruck, sie schaute ihn groß an, und Stephan bemerkte, dass sie grüne Augen hatte.

„Ich wollte nur sehen, ob dein Akkordeon mehr Bässe hat als meines“, sagte sie leise und senkte den Kopf.

Stephan war platt. Das hatte er nicht erwartet.

„Wie“, stammelte er, sie noch immer festhaltend, „du … du spielst auch …?“

Langsam zog sie ihre Hand zurück, schaute auf, nickte und musste auf einmal lachen. Auch Stephan lachte, und plötzlich waren sie keine Feinde mehr. Lachen steckt ja auch wirklich an.

„Meins hat hundertzwanzig Bässe“, sagte Stephan unvermittelt, aber nicht ohne Stolz.

„Meins bloß sechzig“, war die Antwort. Und sie mussten erneut lachen.

„Was lachst du denn?“, fragte er.

„Du lachst ja auch!“, antwortete sie.

„So was“, sagte er und schaute vor sich hin, „ich hab dich für die grässlichste Kratzbürste gehalten und jetzt …“

„Und jetzt?“

„Und jetzt hast du auch ein Akkordeon. – Du, wir müssen unbedingt mal zusammen spielen!“

„Ach“, wehrte sie ab, „ich kann's doch längst nicht so gut wie du!“

„Das weißt du ja gar nicht!“

„Ich denke es mir eben“, sagte sie, und es klang gar nicht mehr schnippisch.

Stephan kam in Fahrt. Am liebsten hätte er gleich mit ihr zusammen gespielt, aber das ging ja nicht. Also suchte er nach einem geeigneten Ersatz. „Weißt du was“, sagte er und zog die Augenbrauen bedeutungsvoll in die Höhe, „ich hol jetzt meine Quetsche!“

„Au ja“, stimmte sie begeistert zu.

Als er zurückkam, war der Vogel ausgeflogen. Zunächst konnte er es gar nicht fassen und schaute noch mal draußen nach.

„So ein Biest!“, sagte er vor sich hin.

Das „Biest“ kroch inzwischen durch die Mostpresse und den Heizungskeller ins Freie.

„Wo warst du denn so lange?“, fragten Renate und Eva, die schnatternd vor Kälte im Boot auf sie warteten. Das andere war schon vorausgefahren, um Sonja, für den Fall, dass Beatrix erwischt worden wäre, herauszuhalten.

„Ach“, seufzte sie, „ich habe ein Geräusch gehört und musste mich verstecken.“

Damit kroch sie in das Boot und sprach während der ganzen Fahrt kein Wort mehr.

Wie ein Spuk, dachte Stephan und kroch in sein Bett, froh, dass keiner etwas bemerkt hatte. Die Spannung der letzten Tage war verflogen, und merkwürdig erleichtert, ja fast heiter, rollte er sich in seine Kissen und lag noch lange wach.

Jetzt ist sie schon drüben, dachte er, als gegen Morgen ein schwerer Landregen niederging. Dann endlich schlief er unter dem gleichmäßigen Rauschen ein.

Stephan muss Farbe bekennen

Strehlau bemerkte es als Erster. Er hatte in dieser Woche den Weckdienst. Er musste früher aufstehen, durch die Stuben gehen und die anderen wecken. Schlaftrunken trat er an seinen Schrank, um die Turnhose für den morgendlichen Dauerlauf herauszuholen, fand jedoch nur seine Noten. Als bester Schüler war er Kummer gewöhnt und glaubte, irgendjemand habe sich einen schlechten Scherz erlaubt.

Nur nichts anmerken lassen, dachte er, ging ins Zimmer zurück, um seinen Bademantel zu holen, und lief mit dem gewohnten Ruf „Aufstehen“ von Tür zu Tür.

Doch bald war der Teufel los. Mürrisch und verschlafen kamen die Ritter an ihre Schränke – kurzer Schreck, dann schimpften sie wie die Rohrspatzen. Auch Stephan und Ottokar machten da keine Ausnahme, was ein Glück für sie war, denn nach den letzten Ereignissen fiel der erste Verdacht natürlich auf sie. Dampfwalze kam höchstpersönlich, um nachzusehen. Als er jedoch feststellen musste, dass ihre Schränke genauso leer waren wie seiner, trollte er sich wieder davon.

So ein Biest, die war bestimmt nicht allein, kombinierte Stephan sofort. Er bewunderte den Mut des blonden Wuschelkopfes. Das hätte er ihr nicht zugetraut. Ottokar beobachtete argwöhnisch das Mienenspiel des Freundes.

„Nachher erzähl ich dir was", raunte Stephan ihm zu.

„Okay", gab er brummend zurück.

„Da", rief Mücke plötzlich, als die Jungen sich – in Schlafanzughosen – auf dem Hof zum Dauerlauf einfanden. Er deutete starr nach oben. Quer über den Hof, vom Burgfried zu dem alten Wehrgang, war ein Seil gespannt, und daran hingen in bunter Reihenfolge, von der Hose bis zum letzten Taschenbuch, die Kleider der staunenden Ritter.

„Mich laust der Affe!", sagte Stephan. „Wie haben die das nur raufgebracht?" Doch da sah er, fein säuberlich über das Geländer des Wehrganges gelegt, den Flaschenzug, der sonst am dritten Stützpfosten hing. Seine Achtung vor den schneidigen Mädchen wurde dadurch nur noch größer.

„Schweinerei", brüllte Dampfwalze plötzlich. Er stand unter dem Seil, um seine Sachen herauszufinden. „Das Zeug ist ja nass!"

Tatsächlich, die Kleider tropften, langsam und gleichmäßig, dass man mitzählen konnte wie bei einer Medizinflasche.

Jetzt war die Stimmung auf dem Nullpunkt. Doch da kein Mensch auf den Gedanken kam, dass Mädchen zu so etwas überhaupt imstande wären, beobachtete jeder jeden mit Argwohn.

Als der Rex zum Frühstück kam, staunte er nicht schlecht. Seine Zöglinge standen in Schlafanzügen, Trainingshosen und Bademänteln hinter ihren Stühlen und warteten, dass er sich setzte. Doktor Waldmann, der die Zusammenhänge zu ahnen schien, wies zum Fenster. Der Rex folgte ihm und schaute hinaus. Auch er verkniff sich ein Lachen, schüttelte nur den Kopf und sagte:

„Nun gut, dann bleibt ihr eben so." Damit war der Fall für ihn erledigt.

„Der findet das auch noch witzig!", knurrte Dampfwalze und schob sich einen großen Löffel Haferflockensuppe in den Mund.

„Klar", erwiderte Mücke ebenso zerknirscht. „Ist ja auch nichts kaputtgegangen."

Hätte an diesem Vormittag ein Fremder dem Unterricht beigewohnt, er wäre schnurstracks zum Kultusminister gelaufen, um zu fordern, diese unmögliche Schule sofort zu schließen. Es war aber auch ein grotesker Anblick. Die Ritter, die im Unterricht sowieso nicht immer den wachsten Eindruck machten, sahen in ihren Schlafanzügen noch abwesender aus als sonst. Dazu die finsteren Mienen; denn nach langem Rätselraten, wer ihnen diese Schmach angetan haben könnte, blieb der Verdacht schließlich bei den Lehrern hängen. So etwas war auf Schreckenstein durchaus möglich. Doktor Waldmann hatte schon einmal eine besonders faule Klasse mit einer angeblichen Prüfungskommission drangekriegt: Nach einer Woche wilder Büffelei war die Klasse bestens vorbereitet zur Prüfung erschienen, worauf sich der anwesende Herr Ministerialrat dann als der Koch Heini entpuppte, der sich einen Spitzbart ins Gesicht geklebt hatte. In Erinnerung an diesen Vorfall war die Annahme gar nicht so abwegig, zumal die Kleider aller Jungen am Seil hingen.

Das Verhältnis Lehrer-Schüler war also merklich kühl. Wer etwas gefragt wurde, antwortete knapp und sachlich. Außerhalb des Unterrichts jedoch sprach keiner mit dem anderen. Die Lehrer bemerkten das natürlich, doch es schien sie zu amüsieren, was den Verdacht weiter verstärkte. So verging der Tag in gewittriger Stimmung, die noch dadurch erhöht wurde, dass die Sonne nicht schien und die Kleider nur sehr langsam trockneten.

Unter diesen Umständen war eines klar: Am Abend würde die Ritterversammlung zusammenkommen und auf Rache sinnen.

Noch während des Abendessens sah es im Esssaal wie in einer Krankenstube aus. Keiner war angezogen.

Als dann die Jüngeren im Bett waren, versammelten sich die führenden Ritter zur nächtlichen Beratung in der Folterkammer.

Dampfwalze, der den Vorsitz führte, stand hinter dem steinernen Richtertisch. Sein Zorn hinderte ihn offensichtlich am Denken, und so waren seine Ausführungen ebenso lang wie langweilig. Die Jungen ließen ihn reden und hingen ihren eigenen Gedanken nach. Bei dieser Gelegenheit beobachtete Stephan den listigen Mücke, der neben Dampfwalze saß und unruhig mit der Hand auf der Tischplatte herumtrommelte.

Stephan stupste den längst eingeweihten Ottokar an und flüsterte: „Schau mal zu Mücke. Der hat was vor!"

Ottokar brummte etwas. Er spielte ein bisschen den Beleidigten, weil Stephan ihn nicht geweckt hatte. Endlich war Dampfwalze fertig und die Ritterschar genauso klug wie zuvor.

Da erhob sich Mücke. „Wir verdächtigen wegen des Streichs von gestern Nacht unsere Lehrer. Aber was haltet ihr hiervon?" Damit fasste er in seine Bademanteltasche und hielt eine

Haarspange hoch. Alle starrten gebannt auf den Gegenstand, der ganz eindeutig nur einem Mädchen gehören konnte. Und Mücke schaute giftig zu Stephan und Ottokar herüber, als er sagte: „Die habe ich heute Nachmittag in meinem Schrank gefunden."

Ein Raunen ging durch den Raum, sodass Hans-Jürgen, der das Versammlungsbuch führte, um Ruhe bitten musste.

Mit hämischem Grinsen wandte sich Dampfwalze an Stephan. „Vielleicht kannst du uns erklären, woher die Haarspange kommt?"

In Stephans Hirn begann es fieberhaft zu arbeiten. Was sollte er tun? Natürlich war er indirekt schuld an der Geschichte. Hätte ich mich nur nicht bei Fräulein Doktor Horn entschuldigt, dachte er. Doch dann würde Beatrix noch heute Kartoffeln schälen! Wieso kam das alles? Er war doch extra hinübergefahren, um ritterlich für seine Tat einzustehen! Plötzlich ging ihm ein Licht auf: War er wirklich für alles eingestanden? Nein! Er hatte aus Furcht, ausgelacht zu werden, den Streich gegen Rosenfels verschwiegen!

Und mit einem Male wurde ihm klar: Er musste Farbe bekennen, mochte es ausgehen, wie es wolle. Und er dachte zurück an die Anfänge auf Schreckenstein, wie sie ihn gehänselt und wie er durch seine klare Haltung dann doch gesiegt hatte, auch wenn es manchmal verdammt schwer gewesen war.

„Na, wird's bald?", drängte Dampfwalze und riss ihn aus seinen Gedanken.

„Jawohl, ich habe heute Nacht hier ein Mädchen erwischt!", sagte Stephan mit fester Stimme.

„Sieh mal an! Und warum hast du uns das nicht gleich gesagt?", fragte Mücke schneidend.

„Weil ich dachte, sie will nur mein Akkordeon klauen!" Und er erzählte ihnen den ganzen Vorfall. Es gelang ihm sogar, die Versammelten davon zu überzeugen, dass er von dem Streich der Mädchen nichts bemerkt haben konnte und annehmen musste, Beatrix sei allein gekommen. Seine Lage konnte er damit allerdings nicht verbessern.

„Da haben wir's also", schloss Mücke, der schneller denken konnte als Dampfwalze. „Ihr seid auf eigene Faust rübergefahren, deshalb sind die gekommen, und deshalb haben wir nichts zum Anziehen."

Und Dampfwalze, dessen geistige Batterie inzwischen wieder funktionierte, fügte noch hinzu: „Abends bei Waldmann sitzen und Tee trinken – das sind feine Ritter!"

Daher wehte also der Wind!

Sie waren verärgert über die Sonderstellung, die Stephan und Ottokar bei Doktor Waldmann und nicht zuletzt auch beim Rex einnahmen.

„Wir werden die Sache wieder in Ordnung bringen!", sprang Ottokar dem Freund bei.

„Das ist auch das Wenigste, was wir von euch erwarten!", polterte Dampfwalze. Er hatte es immer noch nicht ganz verwunden, dass Stephan ihn verdrängt hatte, und nur auf den kleinsten Anlass gewartet, um seinen alten Platz zurückzuerobern.

So ein Kraftgebirge und doch so eine Mimose, dachte Stephan und erinnerte sich an die Feuerwehrübung.

Nach kurzer Beratung verlas Hans-Jürgen folgenden Beschluss der Ritterschaft: „Stephan und Ottokar haben durch Eigenmächtigkeit die ganze Schule blamiert. Sie verpflichten sich, innerhalb von zehn Tagen einen Vorschlag zu machen, wie die Schande getilgt werden kann. Gelingt ihnen das nicht, wird die Ritterversammlung über ihre Bestrafung beraten. Um Verrat zu vermeiden, bleibt dieser Beschluss geheim."

Damit war die Versammlung geschlossen.

„Nie wieder mach ich einen Streich gegen ein Mädchenpensionat", sagte Ottokar im Hinausgehen.

„Quatsch nicht, jetzt musst du sogar einen machen!", erwiderte Stephan.

Die Ehrenrettung

Wie richtig es gewesen war, den Rittern die Wahrheit zu sagen, zeigte sich schon am nächsten Tag. Die Versammlungsteilnehmer hielten sich zwar merklich zurück, doch die Hänseleien hörten auf. Nur der kleine Kuno, der kleine Eberhard und der kleine Herbert wussten nicht, was gespielt wurde; aber das machte nichts, denn sie richteten sich sowieso nach den Großen.

Stephan zog aus der ganzen Geschichte seine Lehren. Überhaupt dachte er sehr viel nach, was Ottokar nachmittags beim Bau des Hochsitzes auffiel. Stephan sägte und hackte wie ein Wilder und tat so, als sei Ottokar gar nicht dabei. Wenn der ihn etwas fragte, gab er nur sehr sparsame Antworten und hing gleich wieder seinen Gedanken nach. Dabei meinte es Ottokar nur gut. Er wollte besprechen, was zu tun sei, denn zehn Tage sind schließlich keine Ewigkeit. Aber sooft er auch einen Anlauf nahm, schnitt ihm der

Freund mit einem „Ach, lass mich in Ruhe mit dem Quatsch“ einfach das Wort ab. Irgendetwas schien ihn zu beschäftigen, was er nicht sagen wollte. Ihre bisher so gute Freundschaft hatte plötzlich einen Knacks.

Aber Stephan war nicht nur zu ihm so. Auch im Unterricht schien er auf eine ganz neue Art abwesend, wirkte nervös und kritzelte häufig unter der Bank.

Als Ottokar in einer Pause nachschaute, fand er zu seinem größten Erstaunen ein Notenblatt. Der spinnt komplett, sagte er zu sich selbst, ich plag mich hier um unsere Ehrenrettung und der komponiert!

Als am dritten Tag immer noch nichts besprochen war, beschloss Ottokar, Ernst zu machen. Während sie zu ihrer Baustelle hinüberruderten, sagte er unvermittelt: „Stephan, so geht das nicht weiter, wir müssen uns endlich überlegen, was wir machen.“

„Daran hindert dich niemand“, gab er gelassen zurück.

Jetzt platzte Ottokar der Kragen. „Nun hör

endlich auf mit deinen dummen Getue. Dich betrifft es schließlich auch!"

Stephan gab keine Antwort.

Eine Weile ruderten sie schweigend, dann begann Ottokar erneut: „Also, willst du jetzt oder willst du nicht?"

„Überleg du dir halt was, du hast doch sonst immer so gute Ideen", antwortete Stephan.

Sie waren bei der Steinpyramide angelangt, und Ottokar sprang aus dem Boot, um es auf den Strand zu ziehen. Schweigend arbeiteten sie am Hochsitz und vermieden es, einander anzusehen. Erst als Stephan, ohne es selbst zu bemerken, plötzlich zu pfeifen anfing, hielt Ottokar inne und starrte ihn fassungslos an.

„Was schaust du denn so?", fragte Stephan.

„Ach, ich schaue nur, weil du pfeifst."

„Warum soll ich nicht pfeifen?"

„Bei der Laune, die du seit drei Tagen hast, wird man sich ja noch wundern dürfen."

„Das steht dir allerdings jederzeit frei", antwortete Stephan und begann das Geländer am Hochsitz anzunageln.

Ottokar schaute ihn misstrauisch von der Seite an. „Hm, deiner Stimmung nach musst du ja *die* Idee haben!“

„Du wirst lachen, die habe ich auch“, antwortete Stephan, ohne sich umzudrehen.

Am fünften Tag der Bewährungsfrist war der Hochsitz fertig. Mauersäge und der Rex wurden in feierlichem Geleitzug hinübergerudert.

Der Rex hatte dem Grafen nur erklärt, die Jungen hätten eine Überraschung für ihn, um sich für die missglückte Feuerwehrübung zu entschuldigen. Mauersäge hielt es daher während der Überfahrt für angebracht, ein böses Gesicht zu machen, was ihm bei seiner Neugierde jedoch sichtlich schwerfiel. Als er endlich vor dem Bauwerk stand, fehlten ihm die Worte.

„Das hat ein … ks … Fachmann gemacht.“ Er wollte es einfach nicht glauben, dass ein Laie, wenn auch Sohn eines Jägers, den Platz so gut wählen konnte. Plötzlich sprach er wieder von „seiner Schule“ und wie stolz er doch auf „seine Jungen“ sei. Eigentlich war niemand erstaunt, als er schließlich erklärte: „Zum Dank für den schönen Hochsitz vermache ich euch die ... ks ... die ... ks ... die Feuerspritze.“

Damit war der innere Friede auf der Burg zwischen dem Hausherrn und den Rittern wiederhergestellt. Und

Mit dem Kennerblick des erfahrenen Jägers bewunderte Graf Schreckenstein den schönen Hochsitz.

Stephan grinste still vor sich hin. In der anderen Angelegenheit galt es jedoch, sich zu beeilen. Es blieben nur noch fünf Tage Zeit. Und so saßen Stephan und Ottokar am selben Abend nach dem Essen bei Doktor Waldmann.

„Komisch“, sagte der Lehrer plötzlich, „Sonja ruft gar nicht mehr an.“

„Interessant“, murmelte Stephan. „Natürlich“, platzte er dann unvermittelt heraus. „Die hat ein schlechtes Gewissen! Sonja hat den ganzen Streich angezettelt, zumindest aber mitgemacht.“

„Wie kommst du darauf?“, fragte Doktor Waldmann und runzelte die Stirn.

„Ist doch ganz klar, allein hätten sich die Mädchen hier nie zurechtgefunden.“

Das leuchtete allen ein. Nach anfänglicher Verwunderung über dieses Verhalten Sonjas kamen sie jedoch zu der Ansicht, dass man ihr das nicht verübeln konnte. Sie war jetzt Lehrerin auf Rosenfels und hielt selbstverständlich zu den Mädchen.

Diese Abschweifung vom Thema benutzte Stephan, um seinen längst ausgeknobelten Plan vorzutragen. „Da Sonja uns reingelegt hat, werden wir unsere Gegenaktion über sie einfädeln“, schloss er mit kriminalistischer Schärfe.

Doktor Waldmann und Ottokar teilten seine Ansicht und waren von seinem Plan begeistert.

Trotz der späten Abendstunde rief der Doktor noch in drüben an. Eine ziemlich unfreundliche Stimme meldete sich und fragte, wer es denn wage, so spät anzurufen.

Doktor Waldmann nannte seinen Namen, entschuldigte sich höflich und erklärte, er sei als Vater besorgt, von seiner Tochter seit Tagen nichts mehr zu hören.

Darauf wurde die Stimme etwas freundlicher: „Moment, ich lasse sie rufen.“

Endlich kam Sonja. Doktor Waldmann spielte die Rolle des besorgten Vaters vollendet. „Was ist denn, Sonja? Ich höre gar nichts mehr von dir.“

„Ach, Papa, ich habe schrecklich viel Arbeit, es ist doch alles hier neu für mich.“

Nach einigem Hin und Her, wie es ihr gehe und wie sie zurechtkäme, begann er ihr vorsichtig auf den Zahn zu fühlen. „Hast du denn nette Mädchen drüben?“, fragte er mit gespielter Besorgnis.

„Und ob“, antwortete sie, „die beiden Wildesten sind die Nettesten. Mit denen verstehe ich mich am besten. Alle meine Kolleginnen fürchten sie, aber mir gehorchen sie aufs Wort.“

Stephan und Ottokar rieben sich die Hände. Für sie gab es keinen Zweifel mehr.

Doktor Waldmann nickte und holte zum großen Schlag aus. „Von Stephan und Ottokar soll ich dich auch grüßen.“

„So“, kam es zögernd zurück. „Wie geht's ihnen denn?“

„Ach, sie waren gerade da“, antwortete er mit klagendem Unterton. „Im Augenblick ist hier der Teufel los!“ Er erzählte ihr von dem Streich, der alle betroffen habe und dessen Täter man bis heute nicht habe finden können.

„Im Moment verdächtigen sie uns Lehrer“, schloss er, worauf Sonja am anderen Ende in ein schallendes Lachen ausbrach.

Damit war sie überführt. Doktor Waldmann steuerte das Gespräch in einer Weise, die jedem

Untersuchungsrichter Ehre gemacht hätte. Er fragte vorsichtig, wann sie denn mal wieder rüberkäme, er könne ihr doch gerade jetzt am Anfang sicher manchen Rat geben.

Sonja druckste herum, sie müsse nachmittags immer die Mädchen beim Baden beaufsichtigen.

„Dann komm doch einfach am Freitag mit deinen Mädchen herüber“, schlug er vor. „Unsere Schule macht einen Ausflug zum Ringelbachkraftwerk, dann sind wir ganz ungestört.“ Als sie nicht gleich einwilligte, pries er ihr noch die Vorzüge des Schreckensteiner Strandes an, der viel länger Sonne habe, und außerdem könne er ja die Heimleiterin noch extra um Erlaubnis fragen, falls sie das wünsche.

Stephan und Ottokar schlugen sich vor Vergnügen auf die Schenkel. Ihr Doktor war wieder einmal ganz groß in Form.

Sonja überlegte eine Weile. Schließlich siegte doch die Freude, den Mädchen den Ort ihrer Schandtaten bei Tage zeigen zu können, und sie sagte zu.

„Also, Freitagnachmittag, ich erwarte euch um vier!“ Damit hängte er ein.

„Das wird der Streich des Jahrhunderts!“, jauchzte Ottokar. „Pass auf, Dampfwalze platzt vor Neid!“

„Doktor, Sie gehören in Gold gerahmt“, fügte Stephan hinzu und drückte seinem Lehrer die Hand.

Doch der wehrte ab. „Erstens hat das noch Zeit, und zweitens dürft ihr meine Mitarbeit überhaupt nicht erwähnen.“

Stephan und Ottokar sahen sich an. „Wieso denn nicht?“

„Weil es sonst wieder heißt, wir stecken unter einer Decke, und das schadet euch nur.“

„Kommt ja gar nicht infrage“, wehrte Stephan energisch ab. „Die Kerle sollen endlich merken, was sie an Ihnen haben.“

Dann wurde der Rex verständigt, denn seine Einwilligung war unerlässlich, schon weil er das letzte Mal mit Fräulein Doktor Horn so viel Ärger gehabt hatte.

Stephan trug vor, schön der Reihe nach, ohne

jede Ausschmückung. Der Rex hörte still zu, musste jedoch mehrere Male herzlich lachen.

„Ich sehe ein“, sagte er, als Stephan geendet hatte, „dass ihr die Sache nicht so ohne Weiteres auf euch sitzen lassen könnt. Doch da es sich um Mädchen handelt, bitte ich mir – was immer ihr zu unternehmen gedenkt – eine korrekte und ritterliche Haltung aus. Wenn ihr mir versprecht, dass niemand zu Schaden kommt und keine zu hart angepackt wird, soll es mir recht sein.“ Und mit einem Lächeln fügte er hinzu: „Mit Fräulein Doktor Horn werde ich dann schon fertig.“

Als die beiden anschließend zu Dampfwalze gingen, um der Ritterversammlung ihren Plan vorzulegen, sagte Ottokar: „Heute komme ich mir vor wie ein Politiker. Zuerst Hochsitzeinweihung, dann Kabinettssitzung, Geheimbesprechung und jetzt noch Vollversammlung.“

Stephan war wieder ganz der Alte und hielt den Rittern eine schwungvolle Rede. Dampfwalze, der anfänglich ein finsteres Gesicht machte, konnte sich der Wirkung von Stephans Worten nicht entziehen, und am Schluss meinten alle, das sei wirklich der „Streich des Jahrhunderts“.

Missgunst, Ärger und Feindschaft waren vergessen. Ja, die Ritterschaft war Ottokar und Stephan jetzt sogar dankbar für den umstrittenen Streich, der diese Möglichkeiten eröffnet hatte. Denn Möglichkeiten gab es so viele, dass die Ritter beschlossen, die endgültige Festlegung auf den nächsten Abend zu verschieben.

Da sie alle mitmachen sollten, war es auf einmal gar nicht läppisch, einen Streich gegen Mädchen zu unternehmen. Das Bevorstehende beflügelte die Ritter vielmehr so sehr, dass jeder noch im Bett den fantastischen Ideen nachhing. Am meisten aber freute sich Stephan, und der Gedanke an die Begebenheiten dieses ereignisreichen Tages ließ ihn wieder einmal lange keinen Schlaf finden.

„Wie einst bei Salamis …"

Als Sonja erzählte, die Schreckensteiner hätten den Täter immer noch nicht gefunden und verdächtigten ihre Lehrer, fing Beatrix vor Vergnügen wieder zu hopsen an. Die Direktorin hatte nichts gemerkt, die Jungen tappten im Dunkeln, und sie hatte die Idee gehabt! Und jetzt noch die Möglichkeit, die Burg bei Tag wiederzusehen und vielleicht … ein kleiner Streich so nebenbei – es war einfach zu schön. In dieser Hochstimmung kam keine, nicht einmal Sonja, auf den Gedanken, dass es sich bei der Einladung Waldmanns um eine Falle handeln könnte.

Nur einen Augenblick dachte Beatrix nach: Zu dumm, dass die gerade am Freitag einen Ausflug machen. Sonst hätte ich meine Quetsche mitgenommen. So aber blieb das Instrument zu Hause, was sich seiner Lebensdauer als äußerst zuträglich erweisen sollte.

Sonja, die beste Schwimmerin des Rosenfelser

Lehrerkollegiums, führte auch an diesem Tag die Aufsicht über das Baden der Mädchen. Zuerst hatten die Kleinen Schwimmunterricht in der Bucht, dann kamen die Großen dran. Da es schon auf den Herbst zuging und die Sonne nicht mehr so viel Kraft hatte, war es ihr gelungen, die Erlaubnis zu einer Ruderfahrt an ein „sonniges Plätzchen" zu bekommen. Wo dieses Plätzchen sein sollte, verschwieg sie natürlich.

Gegen vier Uhr ruderten sie los: zwanzig Mädchen in vier Booten. Je zwei auf der hinteren Bank, zwei an den Rudern und eine vorn am Bug. Der See war glatt wie ein Tuch, und drüben lag die Burg einladend vor ihnen und in der Sonne. Kein Mensch war weit und breit zu sehen. Nur auf dem Steg konnten sie alsbald eine Gestalt erkennen – Doktor Waldmann, der sie hier zu erwarten schien und schon von Weitem winkte. Eins hätte ihnen allerdings auffallen müssen: Es lag kein Boot am Steg, wie das in der Nacht des Streichs der Fall gewesen war. Aber wenn Beatrix und Ingrid auch in vielem Ähnlichkeit mit Stephan und Ottokar haben mochten, die männliche Kombinationsgabe, das Wittern von Gefahren fehlten ihnen völlig. Sie sahen nur Doktor Waldmann, der ihnen zuwinkte, und ruderten ihm vergnügt und voller Vertrauen entgegen.

Das Fehlen der Boote hing, so komisch das klingen mag, mit Stephans Geschichtsunterricht zusammen. Seit er die Jahreszahl der Seeschlacht bei Salamis (480 v. Chr.) behalten hatte, rumorte der griechische Seeheld Themistokles in seinem Unterbewusstsein. Das hatte ihn auf den stürmisch begrüßten Einfall gebracht, den Mädchen eine Seeschlacht zu liefern. Ottokar hatte sofort die technische Seite der Vorbereitungen übernommen. Acht Boote standen den Rittern zur Verfügung. Sechs wurden zu Zerstörern umgebaut, das heißt, sie wurden mit Laub getarnt, um vom See her möglichst spät erkannt zu werden. Die zwei restlichen Boote montierte er mit Balken und Brettern nebeneinander, wodurch eine Plattform wie bei einer Schiffsbrücke entstand. Nun aber kam das Tollste: Auf diese Plattform wuchteten die Jungen Mauersäges

Versöhnungsgeschenk – die Feuerspritze. Das erste und einzige doppelrumpfige Schlachtschiff der Seekriegsgeschichte war fertig.

Während die Rosenfelserinnen ahnungslos dem Lockvogel Doktor Waldmann entgegenschaukelten, lag die Schreckensteiner Flotte gut getarnt und nach strategischen Gesichtspunkten verteilt auf der Lauer. Rechts und links vom Steg, wo das Gebüsch bis ans Wasser herunterreichte, die Zerstörer unter der Führung von Dampfwalze, und im Bootshaus das Schlachtschiff mit Admiral Stephan an Bord.

„Sie kommen", raunte Doktor Waldmann mit gedämpfter Stimme vom Steg herüber.

„Ist gut!", gab Stephan zurück, indem er mit Ottokar die Spritze einer letzten Prüfung unterzog.

„Na, dann wollen wir die Blümchen mal gießen", scherzte Ottokar und rieb sich die Hände.

Die Mädchen waren jetzt auf Rufweite heran.

„Willkommen auf Schreckenstein", erhob der Doktor seine Stimme, um ihre Aufmerksamkeit auf sich zu lenken.

Die Mädchen antworteten mit großem Geschnatter.

„Habt ihr auch eure Badesachen dabei?“, fragte er weiter.

Ein vielstimmiges „Jaaaa“ war die Antwort.

Da stachen die äußersten Zerstörer, die den weitesten Weg hatten, in See. Doktor Waldmann hatte einen großartigen Einfall: Er jodelte. Die Mädchen kicherten und versuchten, auch ihrerseits zu jodeln, was allgemeines Gelächter auslöste. Das Ablenkungsmanöver klappte ausgezeichnet. Obwohl auch die restlichen Zerstörer gestartet waren, hatten die Mädchen noch nichts bemerkt. Mit ihren großen Laubsträußen am Bug waren die Boote vom Wasser aus wohl auch schwer zu erkennen.

„Sind die doof!“, wunderte sich Ottokar, der durch ein Astloch die Einkreisung verfolgte.

In diesem Augenblick erhob sich draußen ein ungeheures Geschrei: Die Mädchen hatten den Überfall bemerkt.

„Das hätte ich nicht von dir gedacht, Papa“, schrie Sonja herüber.

„Ich von dir auch nicht“, war die gelassene Antwort.

Ottokar wartete nur noch, bis die Zerstörer den Kreis geschlossen hatten, dann zog er die Schiebetür des Bootshauses auf. „Okay, jetzt ist es so weit! Äußerste Kraft voraus!“

An der Hinterwand standen zehn der kleineren Jungen und schoben mit langen Stangen das schwere Schlachtschiff an. Draußen ein Bild des Jammers: Die Mädchen hatten sich zusammendrängen lassen, wodurch sie die Ruder nicht mehr frei bewegen konnten. Schimpfend und kreischend kauerten sie in ihren hellblauen Schulkleidern auf den Bänken, während die nur mit Badehosen bekleideten „Zerstörer“ mit kurzen, flachen Ruderschlägen erbarmungslos in den Knäuel spritzten.

„Ho ruck, ho ruck“, feuerte Stephan die vier Ruderer des Schlachtschiffes an, die keuchend wie Galeerensträflinge in den Riemen hingen.

Als Erste fand Sonja die Fassung wieder. „Raus hier. Verteilt euch!“, rief sie und griff nach einem Ruder.

Die Mädchen richteten sich auf und schoben die Boote auseinander. „Da!“, schrie plötzlich eine und deutete auf das Schlachtschiff. Es sah zum Fürchten aus, und die Mädchen verloren den Mut zum Ausbruch.

„Jetzt“, zischte Ottokar und begann wie ein Wilder zu pumpen.

„Hat jemand Durst?“, rief Mücke hinüber. Ein kurzes Gurgeln, und prasselnd schoss die erste Salve ins Ziel.

„Maschinen stopp!“, befahl Stephan in der Seemannssprache. Der Wasserdruck schien ihm doch zu stark, um näher heranzugehen.

Die Mädchen, völlig durchnässt, versuchten nun doch freizukommen. Aber es war bereits zu spät. Sie brachten die Ruder durcheinander, konnten sich über die Richtung nicht einigen, und wenn sich ein Boot lösen wollte, klammerten sich sofort ein paar Kopflose daran, als könnten sie dadurch dem Beschuss entgehen.

„Wollt ihr mal ’n Tellschuss sehen?“, fragte Mücke, indem er einem sehr dicken Mädchen die Baskenmütze vom Kopf spritzte.

Da machte sich drüben ein Boot frei. Wie die Berserker ruderten zwei Mädchen und waren drauf und dran, die Kette der Zerstörer zu durchbrechen.

„Das ist Beatrix!“, rief Stephan. „Äußerste Kraft voraus!“ Doch das schwere Schlachtschiff konnte nicht so schnell.

„Spritz die Kiste voll!“, brüllte er Mücke an, der sofort zu indirektem Beschuss überging und in hohem Bogen den Kahn wie eine Badewanne füllte. Doch schon hatte Dampfwalze die Flucht bemerkt. Mit ein paar Ruderschlägen war sein Zerstörer ran, und nun tat er etwas, das Stephan ihm bei seiner langen Leitung gar nicht zugetraut hätte.

Ungeachtet des eigenen Feuers ging er breitseits und riss dem verblüfften Mädchen das Ruder aus der Hand. Doch Beatrix gab sich noch nicht geschlagen. Im Nu montierte sie ein Ruder ab und versuchte den schon halb vollen Kahn aus der Reichweite des Schlachtschiffes zu bekommen. Aber schon kam Dampfwalze wieder, diesmal auf der anderen Seite. Zwei

Griffe und das Boot war endgültig manövrierunfähig.

„Kommst dir wohl sehr mutig vor!“, schrie ihm eine nach, die aussah wie ein nasser Wäschesack.

„Zielwechsel, die sind erledigt!“, kommandierte Stephan, immer noch wie ein Besessener pumpend.

„Wollt ihr mal 'n Tellschuss sehen?", fragte Mücke.

„Sollen schließlich alle was von uns haben", grinste Ottokar am anderen Ende des Hebels.

Hans-Jürgen hatte inzwischen mit seinem Zerstörer ein weiteres Boot der Ruder beraubt. Nur Sonja leistete noch ernsthaften Widerstand. Breitbeinig wie ein Seemann stand sie in ihrem Kahn und gab Anweisungen: „Vorsicht, Renate, hinter dir!" – „Mehr nach links, Sophie!"

Da klatschte ihr eine wohlgezielte Salve Mückes auf den Rücken, dass sie vor Schreck das Gleichgewicht verlor und ins Wasser fiel. Großes Gelächter vom Bootssteg begleitete diesen Volltreffer. Dicht gedrängt standen dort die restlichen Schreckensteiner und feuerten ihre Seehelden an wie eine Fußballmannschaft auf dem eigenen Platz. Unter Mückes Beschuss war inzwischen ein weiteres Mädchen über Bord gegangen.

„Ätsch, ich kann schwimmen“, rief sie, kaum wieder aufgetaucht, herüber.

In diesem Augenblick wurde Stephan, der auf der anderen Seite stand, am Bein gepackt. Er klammerte sich an die Pumpe und drehte sich um – Beatrix! Die „blöde Kuh“ musste unter dem Schlachtschiff durchgetaucht sein.

„Runter mit dir, du Feigling!“, rief sie wütend und zog immer noch an seinem Bein.

„Was heißt hier Feigling!“, mischte sich Ottokar ein.

„Mit der Übermacht ist das keine Kunst“, zischte sie herauf. Von Wuschelkopf war keine Rede mehr.

„Soll ja auch keine Kunst sein, sondern Rache!“, fügte Mücke schlagfertig hinzu.

Jetzt sprang Dampfwalze von seinem Zerstörer auf das Schlachtschiff, packte eines der Ruder und drückte damit die Tobende unter Wasser.

„Bist du wahnsinnigm, das ist doch ein Mädchen“, ging Stephan hoch und versuchte ihm das Ruder zu entreißen.

Beatrix tauchte wieder auf und schnappte nach Luft.

„Du hast mir gar nichts zu befehlen!“, brüllte Dampfwalze so laut, dass alle herüberschauten, und schon waren sie ineinander verkeilt, jeder krampfhaft bemüht, dem anderen den Riemen aus der Hand zu drehen. Da sich der Kampf am äußersten Rand der Plattform abspielte, konnte das nicht lange gut gehen. Und richtig, da schnappte auch schon die fixe Beatrix nach dem Ruderblatt, ein Ruck und … platsch, lagen die beiden Rivalen im Wasser. Großes Hallo auf beiden Seiten. Und während der Admiral und sein Flottillenchef unter

Ein Ruck und … platsch, lagen die beiden Rivalen im Wasser.

Wasser weiterrauften, ging oben der Kampf zu Ende.

„Mein Schuh!“, rief ein Mädchen, dem der Rock wie eine Wurstpelle an den Beinen klebte, worauf sofort ein Wetttauchen der Froschmänner einsetzte, bis das gute Stück gefunden war.

Anschließend wurden herumtreibende Badesachen aufgelesen und die Ruder zurückgegeben, wobei die Mädchen noch einen Ritter über Bord zogen. Sonja schwamm sogar bis an den Steg und reichte ihrem Vater die Armbanduhr hinauf. „Dafür krieg ich ’ne neue!“

„Sollst du haben, mein Kind“, antwortete der Doktor freundlich. Der Kuhhandel schien ihm zu gefallen.

„Dann wären wir wieder quitt“, rief sie lächelnd und schwamm zu ihrem Kahn zurück.

Stephan und Dampfwalze saßen auch wieder in ihren Booten. Beide hatten viel Wasser geschluckt.

Beatrix, die Heldin des Tages, war zu ihrem Kahn zurückgeschwommen und schippte mit ihren Freundinnen eifrig das Wasser heraus. Mücke, der Witzbold, reichte ihr darauf eine winzige leere Konservenbüchse mit den Worten: „Lasst euch helfen und nehmt das."

Die Mädchen waren in keiner Weise böse, im Gegenteil, die Planscherei mit den Jungen schien ihnen gefallen zu haben. Winkend und scherzend trennten sie sich, und als Stephan ihnen abschließend noch einen Gruß an Fräulein Doktor Horn nachrief, lachten sie, bis sie außer Hörweite waren.

Eine Löwin lernt um

Diesmal ließ sich der Ausflug nach Schreckenstein nicht verheimlichen. Zwar hatten sich die Mädchen etwas sehr Schlaues ausgedacht, um ihre durchnässten Kleider zu verstecken: Sie zogen ihre Badeanzüge an und rannten so ins Haus. Aber erstens verstieß das gegen die strengen Sitten auf Rosenfels, und zweitens hinterließen die tropfenden Kleider Spuren im Gang, die bemerkt werden mussten. Als dann noch der Schuldiener nach dem Abschließen des Bootshauses meldete, die Kähne seien alle voll Wasser, war der Krach da. Alles Herausreden auf „Spiele im Wasser" und „Übermut" half nichts, damit brachten sie nur Sonja in Verlegenheit. Und so fasste sich schließlich Ingrid ein Herz und erklärte, sie seien im Vorbeirudern am Schreckenstein mit einer Feuerspritze berieselt worden.

Die Direktorin rief darauf sofort beim Rex an und beschwerte sich. Der nahm kein Blatt vor den Mund und erklärte, es handle sich hier nicht um eine brutale Belästigung, wie sich Fräulein Doktor Horn ausdrücke, sondern um einen wohlüberlegten und von ihm ausdrücklich gutgeheißenen Denkzettel für das Verschwinden der Kleider. Die Heimleiterin, die auf diese Weise zum ersten Mal von dem Streich erfuhr, ordnete sofort ein allgemeines Kartoffelschälen an.

Anderntags rief Fräulein Doktor Horn erneut beim Rex an. Ihr war nachträglich etwas eingefallen, worüber sie sich noch nicht beklagt hatte: dass nämlich der Kleiderstreich nichts weiter sei als eine berechtigte Revanche für die verrammelten Klassenzimmer und somit endgültig die Schuld bei den Schreckensteinern zu suchen sei.

Sowohl auf dem Schloss als auch auf der Burg wurde dieses diplomatische Nachspiel der Direktoren mit großem Interesse verfolgt. Von den Schülern wie von den Lehrern. Hier prallten zwei so entgegengesetzte Schulsysteme aufeinander, dass alle gespannt waren, wie die Sache ausgehen würde.

Der Rex schien besonders großen Gefallen an dieser Auseinandersetzung zu haben. Eines Nachmittags ruderte er sogar hinüber, um mit Fräulein Doktor Horn zu sprechen. Der geheime Nachrichtendienst über Doktor Waldmann und Sonja klappte vorzüglich. Die Jungen waren gerade beim Leichtathletiktraining, da kam der Doktor und verkündete: „Ich erfahre eben von drüben, dass Direktor Meyer und Fräulein Doktor Horn das Sitzungszimmer mit heiteren Mienen verlassen haben."

Natürlich empfingen die Jungen ihren Rex schon am Steg, doch er spannte sie auf die Folter. Erst nach dem Abendessen stand er auf, klopfte an sein Glas und sagte: „Mit eurer Seeschlacht habt ihr mir einen großen Dienst erwiesen, und dafür möchte ich euch danken. Ihr habt mir damit geholfen, Fräulein Doktor Horn zu überzeugen, dass unser System hier richtig ist, zumindest für eine Jungenschule auf dem Land. Ich habe ihr erzählt, wie wir diese Form gemeinsam gefunden haben, dass unsere Schule nicht auf Strafe, sondern auf Vertrauen beruht. Solange sich jeder für sein Tun voll verantwortlich zeigt, hat er bei uns größte Freiheiten. Da hat sie gestaunt."

Er machte eine Pause, und die Lehrer und Jungen lachten und klatschten Beifall. Dann fuhr er fort: „Sie hat so gestaunt, dass sie es jetzt auch einmal auf unsere Art probieren will."

Nun staunten die Jungen, und ein Murmeln ging durch den Saal.

„Das Hauptverdienst an dieser glücklichen Wendung hat die von uns allen geschätzte Sonja Waldmann."

Wieder Beifall und Bravorufe. Doktor Waldmann wurde vor Vaterstolz ganz verlegen.

„Und nun", schloss der Rex, „habe ich noch eine Überraschung für euch: Um auch weiterhin ein gutes Einvernehmen zwischen den beiden Schulen am Kappellsee herzustellen, lädt Fräulein Doktor Horn uns alle für nächsten Samstag zu einem Gartenfest ein."

Ein unbeschreiblicher Jubel brach los. Das hatte niemand erwartet.

Da hob der Rex die Hand, zum Zeichen, dass er noch etwas sagen wollte. „Solltet ihr mich allerdings am Samstag blamieren", meinte er lächelnd, „dann könnt ihr gleich am Sonntag anfangen, den Sportplatz zu einem Kartoffelacker umzugraben!"

Versöhnung mit Musik und Kuchen

Selten hat ein Ereignis eine Schule so verändert wie das bevorstehende Gartenfest den Schreckenstein. Die Lehrer mussten im Unterricht immer wieder Nagelscheren und Nagelfeilen beschlagnahmen. Herr Bächle, der Dorffrisör im nahen Wampoldsreuthe, musste Überstunden machen. Aber die größte Sorge der Ritter blieb unausgesprochen: Womöglich wollten die Mädchen drüben tanzen? Statt einander einzugestehen, dass keiner richtig tanzen konnte, verkrochen sie sich voreinander und übten nach selbst gepfiffenen Melodien mehr oder weniger selbst erfundene Schritte. Abends in den zwei Stunden zwischen Essen und Schlafengehen gab es kaum einen Raum, aus dem man nicht ein leises Pfeifen gehört hätte.

In einem Klassenzimmer übte Dampfwalze mit dem kleinen Mücke. Mücke führte und Dampfwalze war die Dame, was ihn nicht hinderte, seinem Herrn mehrmals auf die Füße zu treten. Das lag wohl in erster Linie an Dampfwalzes unrhythmischer Pfeiferei, was der natürlich nicht einsehen wollte. Also brach Mücke mitten im Stück ab und sagte: „Du bist vielleicht ein selten dämliches Mädchen! Lieber tanze ich mit einem Kleiderschrank."

Natürlich sprach sich das herum, und da die Versuche der anderen ähnlich ausgefallen waren, wurde das Wort „Tanzen" durch den Begriff „Schränke schieben" ersetzt. In dieser Beziehung hatte es Stephan mit seiner Kapelle viel besser. Die Jazzler waren nicht dieser Gefahr ausgesetzt, denn wenn überhaupt getanzt werden sollte, würden sie ja spielen. Also übten sie wie die Besessenen und hatten bald ein Repertoire von vierzig Minuten!

Endlich war der Samstag da. Um drei Uhr standen alle mit ihren Rädern im Burghof. So sauber hatten die Ritter noch nie ausgesehen. Sogar Hans-Jürgens ewig kariertes Hemd war gegen ein weißes vertauscht.

„Mensch, wie siehst du denn aus?", sagte

Ottokar zu Werner. Der hatte sich aber auch wirklich verändert. Sein sonst nie frisierter Struwwelpeterkopf glänzte wie eine Ölsardine.

Ganz entsetzt fragte der kleine Herbert: „Braucht man denn zum Tanzen einen Scheitel?"

Dann kam der Rex. Kopfschüttelnd schaute er von einem zum anderen. „Wenn eure Schulhefte auch so sauber wären wie ihr heute, hätte ich meine helle Freude!" Damit sprang er in den Sattel, und es gab kein Zurück mehr.

Die Mädchen hatten sich größte Mühe gegeben, um es ihren Gästen schön zu machen. Auf der großen Wiese vor dem Schloss waren vier Stangen so in den Boden gerammt, dass sie ein großes Rechteck bildeten. An diesen Stangen hingen kreuz und quer Girlanden aus Papier. An der oberen Längsseite war ein Zelt mit Erfrischungen, an der unteren ein Podium mit einem Klavier.

„Gott sei Dank", sagte Strehlau erleichtert.

„Nun kann uns ja nichts mehr passieren", meinte Stephan gut gelaunt, der sein Akkordeon wie einen Rucksack auf dem Rücken trug.

Der alte Gärtner empfing die Ritter und forderte sie auf, ihre Räder am Waldrand abzustellen. Dann erschien Fräulein Doktor Horn und begrüßte den Rex. Die Lehrer stellten sich ihren Kolleginnen vor, dann hielt die Heimleiterin eine kleine Ansprache.

„Liebe Jungen", begann sie mit einem verschmitzten Lächeln, „nachdem mir euer Direktor so viel Gutes von euch erzählt hat und wir hier auch schon einiges durch euch erfahren haben, dachte ich, diese Musterknaben musst du doch mal kennenlernen."

Ein freudiges Raunen ging durch die Reihen.

„Die ist ja gar nicht so schlimm!", brummte Dampfwalze.

Da fuhr Fräulein Doktor Horn fort: „Ich heiße euch also auf Schloss Rosenfels herzlich willkommen und hoffe, dass ihr meine Erwartungen bestätigt."

Der Rex klatschte Beifall, und alle fielen ein.

„Dort drüben!", flüsterte Ottokar und schaute zum Schloss hinüber.

Da kamen die Mädchen. Stephan sah sofort:

Die Linke in der dritten Reihe war Beatrix. Beim Podium blieben sie stehen, warfen die Arme hoch und riefen im Chor: „Schreckenstein hiiiii, klicke, klacke, ticke, tacke, zicke, zacke buuuuuuuuuuuuh!“

„Wau, wau!“, antwortete Mücke ganz allein, und alle mussten furchtbar lachen. Damit war die erste Befangenheit genommen.

Jetzt kletterten mehrere Mädchen auf das Podium. Zwei hatten Geigen, die dritte eine Blockflöte.

„Schau, die Ingrid“, sagte Stephan.

„Wo?“, fragte Ottokar.

„Die mit der Blockflöte.“

„Heißt die Ingrid?“, wandte sich Dampfwalze um.

„Ingrid Maria Renate“, antwortete Mücke säuselnd.

„Woher willst'n du das wissen?“, fragte Dampfwalze ärgerlich.

„Von meiner Mutter“, antwortete Mücke. „Die dort ist nämlich meine Schwester!“

Plötzlich bekam Ottokar einen Rippenstoß.

„Schau, Beatrix“, sagte Stephan, während der Wuschelkopf mit seinem Akkordeon auf das Podium trat.

„Deswegen brauchst du mich nicht zu boxen“, brummte Ottokar.

Da erschien auf dem Podium der Wuschelkopf Beatrix.

Die dickliche Lehrerin, die ihnen damals auf der Treppe begegnet war – Fräulein Böcklmeier –, nahm am Klavier Platz, und das Begrüßungsständchen begann. Die Mädchen schienen etwas nervös, Ingrid blies oft so leise, dass man sie kaum hörte, und Beatrix griff einmal im Bass F-Septime statt c-Moll, wie Stephan sofort fachkundig feststellte.

Der Vortrag wurde mit großem Beifall aufgenommen. Die Ritter klatschten, als würden sie dafür bezahlt, am lautesten Dampfwalze. Als auch er sich wieder beruhigt hatte, trat eine kleine Pause ein.

„Meine Herren, jetzt geht es hier weiter“, rief eine Stimme vom Erfrischungszelt her. Es war Sonja. Sie wurde sofort umringt und stürmisch begrüßt.

„Kommt, wir spielen“, sagte Stephan und wollte schon zum Podium, wo Beatrix noch immer stand.

Ottokar hielt ihn zurück. „Erst die Verpflegung!“, sagte er und strebte mit Hans-Jürgen und Strehlau dem Zelt zu.

Da kam Rolle, der Sportlehrer. „Hilf mir rasch, die Bassgeige ...“, sagte er und zog Stephan mit sich fort. Sie gingen hinüber zu den Rädern, wo Rolle das unhandliche Instrument auf einem Leiterwagen festgebunden hatte.

Jungen und Mädchen drängten sich um das Erfrischungszelt, sodass Stephan fast unbemerkt seine Kapelle aufbauen konnte. Hans-Jürgen und Strehlau kamen kauend herüber. Nur Ottokar fehlte noch.

Stephan arbeitete sich durch das Gedränge. Plötzlich stand er vor Beatrix. „Grüß dich!“, sagte er.

„Grüß dich!“, antwortete sie. Doch da kam ein anderes Mädchen und zog sie fort.

Ottokar stand ganz vorne und kaute auf beiden Backen.

„Komm, wir wollen spielen!“, stieß ihn Stephan unsanft an.

„Mach doch! Deine Trommel haben wir schon!“

Ottokar griff noch einmal tief in eine Platte mit belegten Brötchen, dann ging er endlich mit.

Die Überraschung gelang vollkommen. Die Kapelle spielte ein sehr schnelles Stück, bei dem jeder Gelegenheit hatte, seine Künste zu zeigen. Bald waren sie dicht von Mädchen umringt und wurden bestaunt. Beatrix kam, Ingrid an der Hand hinter sich herziehend, ganz nach vorne und schaute Stephan bewundernd zu. Und Dampfwalze, der sich sonst gar nicht für Musik interessierte, stand plötzlich neben Ingrid. Als sie geendet hatten, brach großer Beifall los.

Stephan klopfte viermal mit dem Fuß, das nächste Stück begann, diesmal Tanzmusik. Die Mädchen, die futternd und schnatternd herumstanden, fingen an, im Rhythmus in die Hände zu klatschen. Aber keiner der Jungen traute sich, den Tanz zu eröffnen. Stephan sah, dass Dampfwalze bereits mit Ingrid in ein Gespräch vertieft war, und dabei kam ihm eine Idee. Er klopfte ab, die Kapelle unterbrach. Alle schauten auf ihn und warteten offensichtlich auf eine Überraschung.

Die kam auch. Stephan, der sich auf seinem Podium sehr sicher fühlte, sagte: „Keiner von euch müden Rittern scheint zu bemerken, dass die Mädchen tanzen wollen. Ich bitte die hohe Direktion um Genehmigung, dass mit dem Tanz begonnen werden darf, und zwar mit Damenwahl!"

Der Vorschlag wurde von den Mädchen stürmisch aufgenommen, und Fräulein Doktor Horn und der Rex nickten zustimmend.

Mehrere Jungen aber zogen sich schleunigst in Sonjas Verpflegungszelt zurück. Die Musik setzte ein. Dampfwalze war so ins Gespräch vertieft, dass er Stephans Worte gar nicht verstanden hatte, und wunderte sich sehr, als Ingrid ihre Hand auf seinen Arm legte und mit ihm lostanzte.

„Du bist einer!", grinste Ottokar hinter seiner Trommel.

Beatrix stand jetzt ganz allein vor der Kapelle. Sie schaute von einem zum anderen und war plötzlich mit einem Satz auf dem Podium.

„Das Klavier tut's auch", sagte sie und schob den Balg von Stephans Akkordeon zusammen, dass es recht unrein klang.

„Was machst du denn da?", fragte er erschrocken.

„Ich will mit dir tanzen, du hast doch gesagt, es ist Damenwahl!" Damit nahm sie ihm das Instrument von den Schultern. Es half nichts, er musste tanzen.

„Wer anderen eine Grube gräbt ...", höhnte Ottokar, und Hans-Jürgen musste so lachen, dass er nicht weiterblasen konnte. Nur Ottokar und Rolle hielten eisern durch.

Stephan wusste überhaupt nicht, wie ihm geschah. Alles drehte sich um ihn, und er hielt Beatrix und drehte sich auch.

„So möchte ich spielen können wie du!“, sagte sie und ging gleich darauf in eine riskante Linkskurve.

Stephan schwieg und hopste hinterher. Das Gras kam seiner Tanzkunst außerordentlich

Alle drehten sich vergnügt im Tanze.

entgegen. Es war so uneben, dass man immer eine Entschuldigung hatte. Dadurch wurde er sicher. Auch die anderen schienen die Vorzüge des Hoppelrasens entdeckt zu haben. Dampfwalze jedenfalls tänzelte darauf umher wie ein Boxer im Ring.

„Sehr gut für die Beinmuskulatur!“, rief er herüber und sauste mit Ingrid quer über das Feld.

Auch Stephan war jetzt so sicher, dass er gleichzeitig tanzen und sprechen konnte. „Wann spielen wir zusammen?“

„Ach“, antwortete sie ausweichend, „ich glaube, ich kann das nicht.“

„Wieso, du hast doch eben auch mit den anderen gespielt?“

„Ja, aber wie!“

Stephan lächelte überlegen und nachsichtig. „Na ja, bis auf das eine Mal F-Septime!“

„Das ist gemein, dass du das gemerkt hast“, antwortete sie und stampfte mit dem Fuß auf.

Stephan aber tat das einzig Richtige: Wie ein guter Onkel ging er darüber hinweg, hielt sie fest und steuerte, nun schon sehr sicher, in eine Rechtskurve. Dann sah er sich um. Überall wogten die Ritter wie beim Englischtrab auf und ab und schienen allgemein Gefallen an der neuen Tätigkeit zu finden.

Sogar Klaus war unter den „Auserwählten“ und bewegte ein ziemlich rundliches Mädchen in einer Art Laufschritt über den Rasen.

Ja, und da! Eine ganz Kleine mit Zöpfen und einer Brille hatte sich Doktor Waldmann gekapert!

„Schau mal!“, sagte er zu Beatrix, und sie lachten beide. Dann tanzten sie eine Weile schweigend weiter.

„Weißt du was“, fing sie plötzlich unvermittelt wieder an. „Du musst nachher einen Ehrenwalzer spielen, nur für euren Rex und unsere Doktor Horn.“

„Au ja, prima!“, willigte er ein und hopste vor lauter Freude einmal um alle herum.

„Na, da haben sich ja die beiden Richtigen gefunden!“, krächzte es plötzlich hinter ihnen. Sie waren am Rand des Feldes angelangt, genau vor Fräulein Doktor Horn, die mit dem Rex von hier aus das Treiben beobachtete. Stephan und Beatrix wurden leicht verlegen und mogelten sich in einer Kurve möglichst unbemerkt davon.

„Hast du gehört, was sie gesagt hat?", fragte Stephan nach einer Pause.

Doch noch ehe Beatrix antworten konnte, brach die Musik ab, das Stück war zu Ende. Die plötzlich tanzbesessenen Ritter klatschten laut Beifall und wollten gleich weitermachen, aber Ottokar winkte ab.

„Ich muss hin", sagte Stephan und schlängelte sich mit Beatrix zum Podium durch.

„Spiel jetzt den Walzer", flüsterte sie ihm zu.

Er nickte, sprang hinauf und sagte zu seiner Kapelle: „Nummer elf aus dem gelben Heft!"

Dann klatschte er in die Hände und wartete, bis es still wurde. „Ich bitte euch, einen Kreis zu bilden! Aber nicht nur einen gewöhnlichen Kreis, sondern einen Kreis um Fräulein Doktor Horn und Herrn Direktor Meyer. Der nächste Tanz gehört nämlich der Direktion!"

Rufe der Begeisterung gingen durch die Menge. Die Mädchen und Ritter fassten sich an den Händen, und im Nu waren die beiden umzingelt.

„Prima!“, rief Beatrix herauf und klatschte in die Hände.

Dann gab Stephan den Einsatz. Direktor Meyer verhielt sich zunächst abwartend. Doch als er den Rhythmus erkannte, nahm er die Heimleiterin um die Taille, und die beiden legten einen Walzer hin, dass alle nur so staunten.

Ein Ehrenwalzer für den Rex und die Direktorin

Auch Sonja war aus dem Erfrischungszelt herausgekommen und stand neben ihrem Vater.

„Sag mal, wie kommt das nur?“, fragte sie kopfschüttelnd. „Seit der Rex neulich hier war, ist Fräulein Doktor Horn wie verwandelt."

„Das ist unsere Erziehung", antwortete der mit gespieltem Stolz, „der Geist der Ritter vom Schreckenstein." Und indem er sie um die Schulter fasste, fügte er hinzu: „Du hast ihn selbst hier eingeführt!"

Als der Tanz zu Ende war, wollten sich die Mädchen und Jungen gar nicht mehr beruhigen. Jetzt war das Eis endgültig gebrochen, und es herrschte eine solche Stimmung, dass Stephan für die nächsten Tänze keine „Damenwahl" mehr ausrufen musste.

Die Band spielte ihr halbes Repertoire, und der Verbrauch an Limonade und eisgekühltem Kakao stieg mit jedem Stück. Beatrix saß die ganze Zeit auf der Podiumecke und hörte interessiert zu.

„Pause", verkündete Kapellmeister Stephan, dem es hinter seinem großen Akkordeon ordentlich warm geworden war.

„Na endlich", stöhnte Ottokar. „Ich bin schon vor einer halben Stunde verdurstet."

Die Musikanten stürzten sich auf Sonjas Büfett, nur Strehlau wurde von Fräulein Böcklmeier aufgehalten. „Sie haben einen bemerkenswerten Anschlag, junger Mann“, sagte sie. „Mit Ihnen möchte ich mal vierhändig spielen.“

„Das tun wir jetzt auch“, flüsterte Stephan Beatrix zu. Sie nahmen ihre Instrumente und zogen sich auf eine Bank vor dem Schlosseingang zurück.

„Kennst du das?“, fragte er und spielte die ersten Takte eines bekannten Liedes.

Sie nickte und fiel ein. Nach einigen zaghaften Versuchen kamen beide in Schwung und musizierten mit großer Begeisterung drauflos. Beatrix spielte die Melodie, und Stephan erging sich in Variationen, Gegenstimmen und waghalsigen Fingerläufen.

„Du, das macht Spaß“, strahlte Beatrix.

Auf der Festwiese hatte Klaus inzwischen die Rolle des Unterhalters übernommen. Alle Anwesenden mussten sich in zwei Reihen aufstellen. Dann schob er dem Flügelmann jeder

Reihe die Hülle einer Streichholzschachtel auf die Nase, und auf „Los“ musste der sie an den Nächsten weitergeben, ohne die Hände zu benutzen. Fiel die Schachtel herunter, wurde in dieser Reihe wieder von vorne angefangen.

Es war ein Heidenspaß. In der linken Reihe stand Dampfwalze, auf dessen Knollennase Ingrid die Schachtel nicht hinaufbringen konnte, weil sie einfach zu dick war, und in der rechten Reihe hatte Mücke ähnlichen Ärger mit der viel zu dünnen Nase von Fräulein Doktor Horn. Als nach vielen vergeblichen Anläufen diese Reihe dann doch siegte, kamen Stephan und Beatrix mit ihren Instrumenten gerade noch zu einem Tusch zurecht.

So verging der Nachmittag in allerbester Laune, und als die Ritter endlich aufbrachen, fing es schon an, dunkel zu werden. Fräulein Doktor Horn bedankte sich bei allen und stellte ein weiteres Fest in Aussicht. Und die Mädchen winkten, bis die Ritter außer Sichtweite waren.

Dampfwalze fuhr mit seinem Rad neben Stephan. „Mensch“, sagte er, „manchmal hätte ich dich verdreschen können. Aber deine Idee mit dem Streich gegen Rosenfels war genial.“

Band 2:
Auf Schreckenstein geht's lustig zu
160 Seiten, gebunden
€ 8,99 [D]
ISBN 978-3-505-13197-4

Band 3:
Auf Schreckenstein gibt's täglich Spaß
208 Seiten, gebunden
€ 8,99 [D]
ISBN 978-3-505-13198-1

Oliver Hassencamp
Die Jungen von Burg Schreckenstein

Schneiderbuch
EGMONT

rolf ulrici

geheimer start mit »monitor«

Eigentlich wollten Henri, Gérard, Prosper, Tati und Micha nur im Hochmoor zelten, doch plötzlich stecken sie mitten in Weltraumabenteuern. Mit dem Raumschiff »Monitor« verfolgen sie Piraten im Weltall und erforschen die Tiefen des Ozeans!

Mit der Reihe „Monitor“ schrieb Rolf Ulrici einen Klassiker der Science-Fiction-Literatur für Kinder. Noch heute schwärmen Erwachsene von Superhirn, Tati, Henri und Co, den Helden ihrer Kindheit!

Rolf Ulrici
Geheimer Start mit »Monitor«
384 Seiten, gebunden
€ 9,99
ISBN 978-3-505-13278-0

100 Jahre Schneiderbuch – Die Jubiläumsedition

Kinder lieben Schneiderbücher!

www.schneiderbuch.de

Schneiderbuch
EGMONT

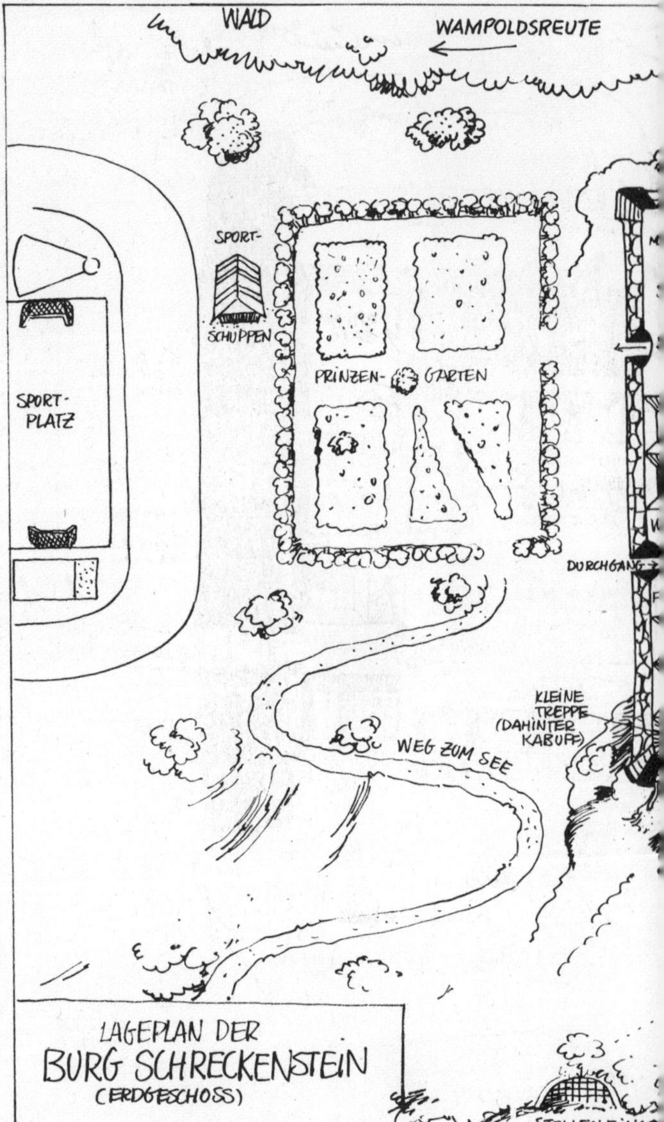
WALD
WAMPOLDSREUTE
SPORT-
SCHUPPEN
SPORT-
PLATZ
PRINZEN-
GARTEN
DURCHGANG
KLEINE
TREPPE
(DAHINTER
KABUFF)
WEG ZUM SEE
LAGEPLAN DER
BURG SCHRECKENSTEIN
(ERDGESCHOSS)
STOLLEN EINGA